U0019917

鴿王再現

流浪鴿集團的榮耀

張英珉◎著
王淑慧◎圖

名家推薦

蕭蕭（文學評論家）：

想飛是許多人心中神祕的想望，這部作品在尚未翱翔、尚未發生奇蹟之前，卻有著最踏實的生活素描，第一章：阿丹撿到一隻鴿子，如實地描繪著一個小男生的好奇，登頂樓，驚遇貓，發現小鴿子的生活故事，以及爸爸與鴿子的深層關係，因而加深了故事的可信性。接下來進入這部小說驚奇的部分，人與鳥類之間的互動，作者以全知的觀點，忽而寫人，忽而寫鳥，甚至於進入鳥類複雜的世界，探求飛行的真正意義，在於為自己所愛的人事物，飛得更高更遠，從此展開此一宗旨的真正追索，故事的發展全面朝向鴿子世界的飛行理想，要有

燕子的輕巧，遊隼的衝刺，牛一樣的負重力，狗一樣的眼力和嗅覺，伯勞一樣穿越空氣。最後卻又回歸到人與鳥的深情，鋪排精彩。

朱曙明（九歌兒童劇團團長）：

從飛鳥的眼中看世界，一直是無法飛行的我們最嚮往的一件事。故事以小男孩和無意間撿到的小野鴿子之間的情誼為主軸，除了人類的思維外，擬人化的手法也滿足了我們從飛鳥眼中看世界的夢想。藉著小鴿子歷險與成長茁壯的過程，在潛移默化中供給了讀者面對逆境與挫折時所該具備的正向態度。

目錄

1 阿丹撿到一隻鴿子

這天下午，天氣相當晴朗，天空中有著幾朵白雲慢慢飄了過去，白雲之前，幾隻鴿子啪啪啪地飛行，在這小鎮上方一圈又一圈繞著。

「哇——」在這鴿子飛過的天空下方，一個老社區的小公園內，一位小男孩阿丹，正在盪鞦韆。

阿丹已經十歲半了，今年剛升上國小四年級，整個老社區裡面，比他大的鄰居哥哥姊姊們都上國中、高中了，而比他年紀小的孩子，也才幼稚園大班而已。所以放學以後，阿丹總是一個人在社區裡面玩。

「哇啊！」阿丹晃著盪鞦韆，想像自己正在飛行，鞦韆向前擺盪，就離雲朵愈來愈近，好像伸出手就能抓到。

阿丹也喜歡把硬圖畫紙折成堅固的紙飛機。然後看著紙飛機的飛行軌跡，接著在小公園內伸出雙手，幻想自己就是那架紙飛機，在天空中自由地飛翔著。

鄰居阿嬤曾和阿丹說過，他還不到一歲大的時候，爸爸帶他搬來這間老社區，不像那些老阿嬤，都已經住在社區裡面二、三十年了。這老社區裡都是五層樓高的公寓。阿丹家住在二樓，雖然只在二樓，但是因為陽台的方向沒有別的建築物遮蔽視線，所以還能看到一大片稻田，有時候能看到老農夫開著插秧機插秧，而季節改變後，就會看到收割機開始收割那些隨風搖擺的金黃色稻穗。

因為阿丹家是只有爸爸的單親家庭，所以阿丹爸爸每天早上都要比阿丹早起床，先叫阿丹起床刷牙洗臉，接著做早餐給阿丹，等阿丹吃完早餐後，就開車送阿丹去上學，然後自己再開車去鄰近都市裡的公司上班，而阿丹下課的時候，就自己從國小門口，跟著路隊走路回家。

這天下午，阿丹回到家裡，天氣晴朗，爸爸還沒回來，阿丹就坐

在陽台鐵窗上，伸出兩隻腳在空中晃來晃去的。
「阿丹，要小心啊！」鄰居阿嬤看著阿丹在鐵窗下晃著兩隻腳而笑了起來。「你已經不是小孩子，太重了會把鐵窗坐垮啊，哈哈。」
阿丹有些無聊，折了紙飛機想要從二樓窗戶丟出去，但是當阿丹從公寓樓梯間跑上去的時候，突然間樓梯間滴下了一滴水：「答」。
水滴滴到了阿丹的頭上，讓他抬起頭一看，一雙大眼睛就這樣轉啊轉。明明外面是晴天啊，阿丹瞇著眼睛看向窗外，一道午後的陽光剛好照過玻璃窗，看來非常刺眼，阿丹探頭看向窗外，窗外深藍色的天空中，只有一朵飄過去的白色的雲。
「哈哈，外面出太陽，裡面怎麼下雨了？」
阿丹探看樓梯間的迴旋縫隙，可以直接看到五樓頂。
其實這老舊的公寓，只要下雨，樓頂就會積水，然後積水就會順著屋頂縫隙滴答漏下來。這漏水問題只要放晴個幾天，積水被太陽給晒過，就會全都蒸發光了，所以住戶們也總是忽視掉這個小問題，除了清洗水塔的時候，都不會有人到這棟公寓頂樓來看。

阿丹有些好奇地跑上樓梯，到了五樓，這裡已經沒有可以往上的樓梯了，要再往上，就要從一個靠著牆的垂直鐵梯爬上去才行。於是阿丹抓緊了鐵梯，手腳並用往上爬，鐵梯正上方有一個鐵蓋子，蓋子沒有鎖緊，一推就開了。

「鏘——」

鐵蓋推開，阿丹探頭一看。

「哇——」

阿丹探看出去，原來屋頂的視野這麼好，他趕緊往上爬出去，站在屋頂的圍牆邊，看著右邊是一大片翠綠的稻田，而更遠方有一條柏

油公路，上面的車子好像會移動的小小火柴盒，遠方河流上波光粼粼，幾條筆直的水圳穿過農田。而更遠方可以看到小小的鐵軌，有時候的火車聲音遠遠穿過稻田而來，鏗鏘鏗鏘，聲音聽起來有些遠遠的，悶悶的。

阿丹站在圍牆邊，轉過身看著水泥製造的舊水塔，水塔邊緣有著一堆灰色的塑膠管線。阿丹向前踩出去，啪，踩到一片積水，水花濺到一些從水泥縫隙裡面長出來的雜草，看樣子，這裡真的好一陣子沒人上來過了。

此時，時間已經來到了黃昏時刻，斜斜的太陽光線，把整個樓頂都染成金黃色，照得阿丹覺得好暖和，阿丹就靠著圍牆，拿出插在口袋裡的紙飛機，向著天空丟出去，看著紙飛機飛得好遠好遠，變成一道剪影在空中滑翔，再被一陣風吹得迴轉起來。逆光之下，不知道它會落到誰家屋頂上，還是掉到哪棵樹上去。

這時候，阿丹也才發現隔壁連著的公寓樓頂上，有一隻黑白花色的老貓咪，從圍牆邊不怕生地走了過來。

「貓咪！」阿丹好奇的看著那隻貓，牠對著阿丹打了個哈欠。

「喵——啊——嗚——」

「貓咪等我！」阿丹跟著貓咪向前走著，而老貓咪走到了雨棚下停了下來，抬頭向上看，再回頭看向阿丹。「喵嗚——」

這時候，阿丹才發現，雨棚的支撐架上，有一個用雜草築出來的鴿子窩，裡面還有一對鴿子爸媽，牠們好像正在孵蛋的樣子，對著阿丹「咕——咕咕——」的叫著。

這時候，老貓咪立起半身，雙腳抓住木柱子，這一對警戒中的公母鴿子，就驚嚇地啪啪啪飛了起來，激起許多細小的羽毛和灰塵，飛

到空氣裡面飄啊飄。

「貓咪快走開！」

阿丹揮揮手要嚇走貓咪，只見貓咪不害怕的樣子，轉身走了開來，沒繼續理會阿丹，就跳到了另外一棟屋頂樓上，繼續打著哈欠晒太陽。

「怎麼辦？」

阿丹站在雨棚下，有些慌張地等了一陣子，但公母鴿子都沒有再回到巢裡。阿丹想了想，有些擔心地墊起腳尖，想看窩裡面有什麼，但是鴿巢太高了，阿丹只好拿一旁堆著的幾個舊磚塊疊起來，踩在磚塊上，墊高腳尖終於看到了鴿巢了。

「哇——」阿丹一看，驚嚇了起來。

原來，鴿子窩裡面有一顆蛋！

「喀啦，喀啦。」就在這時候，這個小鴿蛋正好裂開了，發出了細碎的聲響，而裡面的小鴿子，正啄破了蛋殼探出頭來。阿丹看得好仔細，儘管腳已經跪到痠了，卻依舊不想把頭轉開，就這樣看著黃色胎毛的小鴿子動啊動的，終於把整個身體從蛋殼中掙脫出來。

「這就是……小鴿子啊？」

阿丹瞪大眼睛，小心翼翼地放輕氣息，小鴿子連眼睛都還沒睜開，看起來是如此的脆弱，而且公母鴿子都沒有回來。阿丹再看向周圍，看到那隻老貓咪打了個哈欠，舔了舔舌頭，好像肚子餓的樣

子。

「啊！」阿丹看著老貓咪的模樣，更緊張了起來。

「怎麼辦……」

阿丹想了好久，終於下了最後的決定，就是趕緊把小鴿子窩整個捧起來，再放在懷中去。接著，小心翼翼地爬下梯子，然後回到家裡去，趕緊再拿一個紙盒保護著這小鴿子。

天要黑了，阿丹緊張地看向窗外，等著爸爸趕快回來，這時候一顆好圓的太陽逐漸要下山了，阿丹看見遠方有兩隻鴿子愈飛愈遠，變成夕陽下的剪影。

「爸，你看！」黃昏過去，天空也變成紫藍色，這時候阿丹爸爸才剛回家，開了門把鑰匙放在鞋櫃上，看了看阿丹手上捧著的小鴿子。

「天啊，哪裡來的小鴿子啊？」

阿丹爸爸驚訝起來，阿丹也覺得好神奇，爸爸只看了這還沒有長羽毛的小鳥一眼，就知道這是鴿子。

不過，阿丹爸爸似乎沒有多大的興趣，繼續走向廚房準備煮飯，一邊說：「阿丹，沒有公母鴿子的照顧，這小鴿子會養不活的，你趕快把牠放回原本的地方吧！」

「可是……爸爸……」阿丹有些難過的說。「牠沒有家了。」

爸爸聽了，若有所思地轉過頭來看著阿丹。

「是這樣嗎……可是……阿丹，你知道嗎，你摸過這小鴿子，我想鴿子媽媽也不會要牠了。」爸爸轉過身切菜，阿丹跟緊緊的問。

「那怎麼辦，那……爸，我要怎麼養牠？」

「你要養？」阿丹爸爸一聽，轉身皺起了眉頭。「阿丹，不行啦。」

「爸，真的啦，拜託啦……」阿丹也皺起眉頭，快哭了出來。

「牠沒有家了很可憐！」

「那……」阿丹爸爸看著阿丹要哭了，想了想，終於同意了。

「好吧，可是……這隻鳥還太小，要用灌食的，也不一定能養活喔。」

「什麼是灌食，為什麼要用灌食，爸，教我！」阿丹興奮地看著爸爸，阿丹爸爸則低頭仔細觀察著小鴿子，似乎在回憶些什麼說。

「因為，鴿子爸媽會用喉嚨裡面的嗉囊，去分泌非常營養的『嗉囊乳』給小鴿子吃，就好像給小鴿子喝牛奶這樣，只是沒有鴿子爸媽的照顧，我們就只能去買營養飼料了，因為小鳥不能吃固體的食物，所以要用灌的啊。」

「是喔，爸，什麼是嗉囊啊？」

「阿丹，『嗉囊』就是鴿子喉嚨裡面，一個會分泌類似乳汁的器官喔。」

「爸，你怎麼懂這麼多鴿子的東西啊？」

阿丹好佩服爸爸的豐富知識，但是阿丹爸爸沒再詳細回答阿丹，隨後就出了門，走路去附近超級市場買了包裝的小鳥飼料。回家之後用溫水加入鳥飼料，把飼料泡成了糊狀如同稀飯之後，拿了一根吸管，用手指壓住吸管吸了些飼料，接著把小鴿子的嘴巴撐大，讓小鴿子吃下了一些食物，最後，再拿燈泡掛在巢上方四、五十公分處，給小鴿子保暖。

「阿丹，你知道嗎，這世界上不管是什麼小動物，只要沒有爸媽的照顧都很難長大的，所以，牠能不能活下來，就看牠自己的命運了。」

聽到爸爸這樣說，這個夜裡，阿丹緊張地怎麼都睡不著，翻來覆去一直起床，觀察著放在床頭櫃邊小鐵盒裡的小鴿子是不是還活著，只見小鴿子睡著了，阿丹看牠一動也不動，一開始還以為是死了，心裡緊張起來，直到牠緩緩動了一下小小的翅膀，阿丹才安心了一些。

阿丹雙手撐著下巴，仔細地看著小鴿子，就這樣模模糊糊之間又睡著了。

到了早上，阿丹驚醒了，他發現自己因為太累了所以睡得好熟，眼前的小鴿子竟然不・見・了！

「小鴿子！」

阿丹一雙眼睛紅了起來，馬上看看四周，確定小鴿子沒有掉下去，也沒有滾到床底下，怎麼樣都找不到小鴿子的蹤影。

「爸！」

阿丹三步做兩步，跑向爸爸房間。

「一定是爸爸不想要我養小動物，所以偷偷把小鴿子丟掉了啦！」阿丹一直胡思亂想。「還是說……因為小鴿子已經餓死掉了，爸爸怕我難過，所以偷偷拿去埋葬了！」

阿丹眼眶含淚，跑到了客廳一看，原來，爸爸正在客廳餵著小鴿子。

「爸！」阿丹看著小鴿子還活著，感動地哭了起來。

「阿丹，你怎麼一早起床就大呼小叫，還哭了？」小鴿子還活著，振了振沒有羽毛的翅膀，開始會開口討飼料了。「你比這隻小鴿子還有精神耶。」

這兩天放假，阿丹就跟著爸爸照顧小鴿子，爸爸對於鴿子的知識就好像百科全書一樣豐富，讓阿丹相當佩服。爸爸說，鴿子是一種特別的鳥，跟著人類環境生活了千年有吧，可以幫人類做許多工作，像是傳遞訊息的軍鴿、信鴿。而且照顧鴿子可不簡單，要打疫苗、吃消毒的藥，還要吃營養充足的飼料，不然鴿子可是會生病的。

這兩天，小鴿子穩定下來，開始睜開眼睛，好奇地看著阿丹，再好奇地看著四周事物，身上的黃色胎毛也愈來愈濃密了，情況看起來並不像爸爸一開始說的那麼糟糕。

「牠能活下來，是奇蹟。」阿丹爸看著這隻鴿子，摸了摸牠的背。「求生意志很強，很少見。」

阿丹看著爸爸熟練地餵鴿子，又有豐富的鴿子知識，可是爸爸平常卻沒有去看那些鴿子的讀物、也沒看什麼科學報導，他怎麼會知道這麼多東西呢？阿丹內心冒起了許多疑問。

「爸，你怎麼這麼會養鴿子？」

阿丹在書桌旁邊看著爸爸，再看向那隻黃色絨毛的小鴿子，但爸爸卻不想回答阿丹，就自顧自的餵著鴿子，這讓阿丹覺得很奇怪。

小鴿子已經度過了困境，好不容易長大到換羽毛了，阿丹把小鴿子放在籠子內，拿到外面晒著午後溫和的陽光。這時候，隔壁阿嬤看見阿丹在養小鴿子，好奇地跑過來和阿丹說：「阿丹啊，你爸爸……你爸爸是不是又要開始養鴿子了？」

「阿嬤，這是我要養的啦。」阿丹提起小籠子，只見小鴿子轉頭好奇地看著阿嬤，發出咕咕的聲音。

阿嬤湊向前去看著這隻小鴿子，撐了撐她的老花眼鏡。「唉，你爸爸不養鴿太可惜了。」

「為什麼啊？」

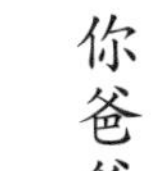

「因為很多年前，他是賽鴿大王啊。」阿嬤轉頭過來，神祕兮兮地說著。

「賽鴿大王？」阿丹看著小鴿子，小鴿子似乎也聽不懂似的對阿丹看了看。「咕咕？」

「阿嬤，什麼是賽鴿大王？」

阿嬤的話語讓阿丹有些疑惑，因為很久以前，阿丹有一次自己玩躲貓貓的時候，發現爸爸書櫃最底下有幾本相本，在其中一本相本裡面，他翻到了一些舊照片，照片中的女人抱著一個剛出生的小嬰兒，還有幾張照片，爸媽在一間看起來像是鴿舍之中，抱著小嬰兒合照一張。

「這是媽媽？為什麼爸爸都不給我看這些照片……」阿丹有些難過地看著這些照片，然後好奇地把媽媽的照片抽出來，這時候才發現相本之中，原本媽媽照片欄位的背後，竟然還有一張照片反過來放著，阿丹把那張照片抽出來，翻到正面一看，竟然是一隻鴿子的照片。

「好奇怪喔，又不是卡通偶像大明星，幹嘛幫鴿子拍照呢？」

更奇怪的是，這隻鴿子竟然還有名字：「亞歷山大！」

「好奇怪的外國鴿子喔，說不定是外國電影裡面的鴿子明星耶？」

阿丹看了一下這張老照片背後寫下的日期，阿丹比著手指算數，算出來，原來這是阿丹出生前三天寫下的。

而且，這些相本的最底下，還壓著一張沾滿灰塵的紅色方形旗子，旗子上還畫著一個鴿子的造型。

「這到底是什麼呢？」

這些從來都沒看過的東西，讓阿丹滿腦子疑問，於是，等阿嬤說出爸爸是賽鴿大王的時候，阿丹就繼續追問起阿嬤，鄰居阿嬤才說，阿丹和爸爸，是西元一九九九年的十二月搬來的。

「為什麼阿嬤妳記得啊？」阿丹看著阿嬤，阿嬤皺了皺眉頭。

「因為……唉……那一年發生了很大的事情……想忘都忘不掉啊……」

十多年了，阿丹看著天空想了想，算了算，那時候他只有幾個月大，年紀實在太小了，發生了什麼事情全都不記得了。

阿丹低頭看著小鴿子，小鴿子也好奇地看著阿丹。一起聽著鄰居阿嬤，說出了阿丹父親始終不想對阿丹說出的故事……

2

大地震

一九九九年，一個夏天還沒完全遠離的九月天，雖然白天的天氣還有些炎熱，但是到了晚上，風一吹來有些涼爽，是個正好眠的季節。

那時候，阿丹爸爸和阿丹媽媽，就住在一間位於一大片農田中央的三層樓透天厝裡，屋子的三樓頂上，有一個加蓋上去的大鴿舍，阿丹爸爸在鴿舍裡面養了許多鴿子。那時候，阿丹家的玻璃櫃子裡面有許多鴿子飛行冠軍的獎座。其中，最特別的一個大獎座，是用讓阿丹爸爸榮登冠軍的「亞歷山大」的造型打造而成，一個金色的，展翅飛行的鴿子獎座，看來多麼金碧輝煌，閃閃發光。

阿丹爸爸，在那時候可是附近村里之間的養鴿達人呢，就連住在很遠地方的鄰居阿嬤，也曾經聽過他的傲人事蹟。

那一個夜裡，阿丹才剛出生三個月大。本來一家人晚上都熟睡了，只有阿丹半夜醒來，在嬰兒床上哇哇哭了，一雙小手就在空氣裡抓啊抓的，像是要人抱抱的樣子。

「孩子的爸爸……孩子好像餓了，去泡牛奶給他好嗎？」阿丹媽媽睡眼惺忪起了床，叫醒了阿丹爸爸，阿丹爸爸便揉揉眼睛，打了個哈欠，起了身。「好，我去泡牛奶。」

阿丹爸爸白天都在訓練鴿子飛行，因為晚睡，身體也相當疲勞，但他撐起疲勞的身軀，想要幫老婆分憂解勞，就抱起了襁褓之間的阿丹，從二樓睡房走到一樓的客廳去，拿起了奶瓶，加入了嬰兒奶粉，沖起了熱水，再攪拌起奶粉，嘩啦嘩啦，爸爸拿著奶瓶搖了搖。

凌晨一點四十三分，爸爸已經泡好了牛奶，就把阿丹放在沙發上，爸爸一隻大手拿著奶瓶，看著阿丹小小的手抱起了奶瓶喝起了牛奶，阿丹爸爸自己也睡意襲來，一邊餵奶，一邊打起了瞌睡。

凌晨一點四十六分，阿丹喝完了牛奶，阿丹爸爸瞌睡之中，手一鬆開，空奶瓶掉到了地上去，喀啦一聲讓阿丹爸爸趕緊醒了過來，他趕緊蹲下來撿奶瓶，放回桌上去。

凌晨一點四十七分，那放回桌上的奶瓶，開始細微地上下震動了起來……

「喀啦，喀啦。」

沙——

一陣震動讓天花板上累積的煙塵粉末散落，台灣本來就是地震不斷的地區，所以阿丹爸爸也以為就像之前的地震那樣，一下子就過去了，也不以為意地抱著小阿丹。

喀啦，喀啦。

這時候，阿丹爸爸不知道這會是一場台灣非常少見的超級大地震，一開始還抱著阿丹，想要慢慢走回二樓的房間去，只是沒幾秒之後，地震突然變得好巨大，讓阿丹爸爸感覺自己好像站在船上，他想站穩但沒辦法，只能用一隻手抱著阿丹，另外一隻手撐著牆壁穩定腳步。

「哇！」這幾下的震盪，讓阿丹開始嚇哭了起來。就在這時候，原本前一秒鐘還寧靜的夜裡，突然一陣地面的低鳴開始冒起，隨後，巨大的搖晃開始了，磁磚裂落，鋼筋扭曲，阿丹家的建築物開始逐漸碎裂，許多水泥碎片開始掉落。

在這突如其來的搖晃裡，阿丹爸爸才確定這大地震有多危險，二話不說抱起了阿丹，想要用身體保護著阿丹，再往二樓衝，想帶阿丹媽媽下來，但是地震真的太大了，阿丹爸爸抱著阿丹又站不穩，滑了一跤，背去撞到地面，他痛得緊咬牙根，冷汗直流。

「啊！」這時候，樓上傳來了一陣滑倒的聲音，聽到這聲音，阿丹爸爸好擔心，對著二樓大吼大叫。「老婆，快下來啊！」

「快走啊！」阿丹媽媽走不出來，也回應著阿丹爸爸。「不要管我了。」

阿丹爸爸不放棄，他一走到樓梯間，水泥粉塊一顆一顆開始掉落，打得他頭痛欲裂，整面牆壁像是碎裂的餅乾一樣，感覺就要垮了下來，阿丹爸爸趕快抱緊懷裡的嬰兒阿丹，儘管心中無止境地祈禱，地震卻怎麼也沒有要停的意思。

「快走啊！」樓上的阿丹媽媽持續大叫著。「快點！」

地震繼續搖晃，阿丹爸爸根本無法爬上樓梯，他已經站立不起來，已經沒有辦法了，只好聽老婆的話，轉身抱著阿丹跑出門，只是才跑出大門沒幾步，阿丹爸爸跌了一跤，阿丹爸爸在緊急之間，轉身用身體護住了阿丹，可是自己的肩膀就在這撞擊之間骨折了。

但骨折的疼痛還不算什麼，他只是閉起眼睛去忍受這疼痛，然後轉身回頭看，自己的家冒出了煙塵，像是個積木玩具一樣左搖右晃之後，轟隆轟隆轟隆轟隆轟隆，屋子就垮了下來。

阿丹爸爸瞪大雙眼，不可置信地看著這原本堅固強壯的建築物，竟然可以像是鬆軟的蛋糕一樣，在這短暫的幾乎反應不過來幾十秒內，就垮成一堆廢鋼筋水泥塊而已。而原本帶來榮耀的鴿舍全垮了下來，屋簷都扭曲壓扁了，許多鴿子飛了出去，啪啪啪啪，在灰黑的煙塵之間，留下許多灰白色的羽毛，在空中緩緩飄下。

沒有逃出的妻子，阿丹的媽媽……她還在屋裡……

這一切來的太快了，阿丹爸爸腦中無法連結這些影像，感覺彷彿是一場惡夢，是許多跳躍畫面組合成的夢境。這讓阿丹爸爸看著眼前一切，竟然失去了反應的能力，說不出一句話語。

「哇！」阿丹依舊哭著，哭聲混入了水泥粉塵陸續掉落的聲響。

這個夜裡，遠方天空中全都是漆黑煙霧，許多屋子都燒了起來，讓天空出現了紅色火光，阿丹爸爸隨後耳鳴了起來，他根本聽不清楚周圍的聲音，連阿丹的哭聲都變小了，抱著阿丹走向自己家前面，看著自己家已經崩毀成廢墟。

那些鴿子籠舍，那些精美豪華的獎盃，還有消失的家人，都在一夕間崩潰。阿丹的爸爸踩過那些被壓扁的獎座，看著飛起的鴿子，腦袋空白一句話都說不出來，只有一滴滴的眼淚，滑過被煙塵沾附的臉頰，滴在阿丹的臉龐上。

後來後來，阿丹爸爸把舊屋子拆了，帶著阿丹搬來了這個老社區重新開始生活。就這樣子十年過去了，阿丹也長大了，已經國小四年級的他，最喜歡折紙飛機，就好像當年爸爸喜歡養鴿子，看牠們飛來飛去一樣。

阿嬤說出的這些故事，讓阿丹覺得不可思議，彷彿在聽的是別人的故事，他瞪大雙眼看著阿嬤。

「阿嬤，都是真的嗎？」

「當然是真的……騙你幹嘛呢。」阿嬤摸摸阿丹的頭髮。「所以你要加油喔，不要讓爸爸失望。」

鄰居阿嬤說，阿丹爸爸就是因為在這件事情之後，個性變得低沉許多。以往他總是樂觀的態度，但發生這件事情之後，他不再養鴿子，就每天安靜的上班、下班，回家煮飯，做菜給阿丹吃。

「阿丹，不要忘記你爸爸當年是意氣風發的賽鴿大王喔。」隔壁阿嬤這樣子說著。「真不簡單喔。」

「什麼是賽鴿大王？」阿嬤這樣說，反而讓阿丹有更多疑惑。

「賽鴿大王就是參加賽鴿大賽的時候，飛第一名的鴿子的主人，當年你爸爸得冠軍的事情很有名喔，要不是那場大地震……唉……肩膀骨折以後，儘管治療好了，但手也不能用力揮舞賽鴿的旗子了。」

阿丹看著鴿籠中的小鴿子，想不到阿丹的爸爸竟然和鴿子之間，能夠有這麼多故事。

「原來爸爸養的鴿子叫做亞歷山大，那你要叫什麼名字呢？」

阿丹看著小鴿子，想到該替鴿子取個名字，要叫哞哞嗎？因為他就像牛一樣一直吃一直吃，胃口好得很。還是……就叫做小虎好了，希望他勇猛有氣勢像是老虎呢。

晚餐時間，阿丹一邊想著，一邊看著寡言的爸爸。如果是他，會幫小鴿子取什麼有氣勢的名字呢？

3

什麼是飛行

小虎被阿丹漸漸養大了，他把阿丹當作父母一樣，整天在阿丹身邊繞著。

「咕咕——」小虎好奇地看著阿丹房間的物品發出咕咕聲，其實是在說：「阿丹，那是什麼東西啊？」小虎好奇疑問著。不過，阿丹當然聽不懂鴿子說的話，就只是跟著小虎的後面走著，左看看，右看看，什麼都好奇地不得了。

小虎漸漸長出了完整的羽毛，把原本黃色絨毛都蓋去了，而他儘管學會了飛行，卻只有從書櫃飛到書桌上而已，始終沒有飛離開過家裡，大部分的時候，小虎都會站在阿丹的肩膀上，最喜歡阿丹撫摸著他背上的羽毛，那會讓他舒服地打起瞌睡來。

「咕咕——」小虎飛到窗戶前的小平台上，觀察著那幾盆小小的盆栽，就在這時候，他聽到外面有著聲響。

「嘿，鴿子，呀呀！」原來，是一隻名叫阿里的八哥，飛到了窗戶旁邊，好奇地看著窗戶內的小虎。

「幹嘛，咕咕？」小虎看著這隻八哥，也好奇地聽著他所說的話。

「你怎麼會住在人類的家裡，呀呀！」八哥在窗前跳啊跳的。

「沒看過像你這樣的鴿子，呀呀！」

「這裡就是我的家啊！咕咕！」

「你真是隻笨鴿子啊，我們鳥類就是要在天上飛啊，呀呀！」

啪啪啪啪，八哥飛走了，讓才長大不久的小虎，第一次覺得外面

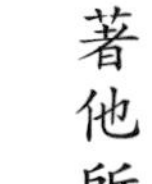

的世界好奇怪。

「小虎，你在看什麼啊？」

小虎看著窗外藍天白雲，溫暖的太陽光線穿透雲層，不知道為什麼，小虎突然對天空嚮往了起來。

「阿丹，該是帶著小虎到外面去飛的時候了。」阿丹爸爸如此說。「鴿子不能永遠住在家裡，需要很大的空間才行。」

「爸，可是牠會飛走……」阿丹擔心的看著小虎。「這樣牠就會不見了！」

「不會的。」爸爸篤定地說著。「鴿子會回家，因為鴿子都知道磁場！」

「是喔，磁場是什麼？」小虎也在一旁聽著，可惜他的咕咕咕發問，阿丹是聽不懂的。「奇怪，為什麼我會知道磁場呢，咕咕咕？」

聽了爸爸的話，阿丹看了許多鴿子的科普書本，書上說鴿子會認家，這下阿丹才相信鴿子會回家，才敢帶著小虎走出了門。儘管出了門，小虎還是跟在阿丹的身邊跳啊跳，走啊走，走到哪就跟到哪。

「小主人阿丹，等等我啊，咕咕咕！」

為了讓小虎不要變成跟屁蟲走路鳥，阿丹只好騎著腳踏車，小虎跟不上了，一緊張就跟著阿丹低低地飛了起來。「阿丹，你不要騎這麼快啊，還是跟不上啊，咕咕咕！」

「哈哈，你養的鴿子好像狗喔。」鄰居阿嬤看到阿丹養的鴿子都覺得好好笑喔，竟然有人的鴿子像小狗一樣。

「咕咕，什麼是狗？」小虎聽了阿嬤的話語，也疑問了起來。

爸爸隔著窗戶，看著阿丹在外面馬路上騎腳踏車，而小虎就跟在他身邊飛著，這讓阿丹爸爸想起了很多很多的故事，也想起了當初他養的那隻鴿子「亞歷山大」。亞歷山大是一隻偉大的鴿子，強壯、英俊、有領導力，又聰明。繼續想下去，就想起了更久更久以前的事情——

那時候阿丹爸爸才剛成年，常常放假的時候，就去公園看鴿子。

「為什麼你每天都來餵鴿子呢？」有一個年輕女學生，看到阿丹爸爸每天都來餵鴿子，好奇地靠近他問起。「你……你很喜歡鴿子嗎？」

「因為牠們會認家，卻流落在外面，沒有家，真的好可憐。」阿丹爸爸說的這些話語，讓這個女孩喜歡了阿丹爸爸。很久以後，她就成為了阿丹媽媽。

那時候，阿丹爸爸喜歡看著天上的鴿子飛行，也看著有人在屋頂上搖晃旗子來訓練自己養的鴿子。阿丹爸爸便收容了一些鴿子，給牠們打疫苗、消毒除蟲，後來阿丹爸爸也開始想要參加賽鴿。他搭設了一個鴿舍，在裡面開始養起了許多鴿子。

「為什麼你看鴿子的時間，比看我還多啊。」阿丹媽媽看著阿丹爸爸低頭翻閱著有關鴿子的外國刊物，不但作筆記，還寫滿許多研究的數據，讓阿丹媽媽有些不甘心地說：「真的好偏心喔。」

「對不起，最近的一場比賽要飛了，如果得名了，獎金可以讓我們過很好的生活，也可以改善鴿子的環境。」阿丹爸爸篤定地說著。

阿丹爸爸和其他養鴿子的人不同，他開始注意各種野鴿子，然後開始配種，用科學化的管理和訓練方法，讓他的鴿子愈來愈強壯，也

愈來愈健康，比賽成績愈來愈好，也因此獲得了許多的獎金，改善了家中的經濟環境。

阿丹爸爸的養鴿對手，有一位叫做阿昌伯，他嚴格訓練的賽鴿總是飛不贏阿丹爸爸的鴿子，常常跑來附近的田裡拿著望遠鏡偷看，但是爸爸卻不怕機密被偷，反而還邀請阿昌伯上來看鴿舍。

「真不知道你怎麼養的。」阿昌伯看了看，阿丹爸爸的鴿舍，和其他鴿舍沒有什麼差別，甚至還簡陋一些。

「最大的差別，就是愛了吧。」阿丹爸爸竟然這樣說，讓阿昌伯聽了更激起勝負心。「只有嚴格訓練，才能飛出好成績，我以後一定要飛贏你的鴿子！」

阿丹爸爸對鴿子真的付出很多時間和愛心，在野外看到受傷的野鴿子，也會帶回家治療，消毒除蟲，再讓牠們放生。

「我懷孕了。」那天，阿丹媽媽對著正在治療鴿子的阿丹爸爸說起。「我們的生活已經不錯了啊，要多留給時間給家人啊。」

「我知道了。」阿丹爸爸對阿丹媽媽微笑說著，就提著一箱飼料，繼續去忙著養鴿子。

阿丹爸爸在鴿籠之前思考再三，經過研究和數據資料，選出了一隻最厲害的鴿子，把牠命名為「亞歷山大」，亞歷山大不但強壯、聰明，而且會領導鴿群，是隻很念舊、很喜歡朋友的鴿子，所以每次帶去競賽，都能獲得很好的成果。

「對不起啦，老婆，我培養出的這隻『亞歷山大』，可以說是鴿子之王，而且很念舊，應該也會很專情喔，就和我一樣喔，所以牠這次去參加大賽，絕對可以奪得冠軍。」

那時候，阿丹媽媽頂著大肚子，產檢的時候自己去。阿丹出生的那天，阿丹爸爸先把飛行訓練的鴿子全叫回來，才趕緊衝到醫院去，而阿丹已經出生了，小手抓著爸爸因為揮舞旗子而粗糙的手指頭。

阿丹爸爸養的鴿子已經飛出太多冠軍了，阿丹家裡面的櫃子裡，都是一個個晶瑩剔透的玻璃獎牌，以及一個個高大的獎座，已經多到擺不下了，有些獎牌甚至放在倉庫裡面，根本沒有打開過包裝盒。

「孩子還好嗎？」一九九九年的那天晚上，阿丹爸爸研究完資料，打個哈欠，摸著小孩的額頭，握著他的小手。「睡著了嗎？」「你也快睡吧。」阿丹媽媽有些生氣地說著。「會把他吵醒的！」

那天晚上，發生了沒人可以預測得到的大地震，看著那倒塌的房屋，滿天煙塵之中飛散的鴿子。阿丹爸爸腦袋裡面盡是後悔，後悔自己沒有給家人多一些時間，把力氣全花在鴿子的身上。

如果時間可以重來啊，我一定——

爸爸回過神來，低頭看著阿丹高興地騎著腳踏車，引領著小虎飛高，一下子，小虎愈飛愈高，啪啪啪，拍翅膀飛過了阿丹爸爸正看著的窗外，讓爸爸抬頭看向天空。

「咕咕咕，原來我可以飛這麼高啊？」這是小虎第一次飛高，他在屋內從來沒有這樣飛過，他繼續向上飛，飛到了社區的上空，看到了遙遠的景色，更好奇地繞著圈。

「嗨，你怎麼飛出來了？」八哥阿里看到他，飛了過來。

「哈哈，原來這就是飛行的感覺！」小虎激動地拍著翅膀，直到阿丹對著天空大叫著：「小虎，回家啦！」小虎才趕緊落地，回到阿丹準備的小籠子裡。

「咕咕咕！」小虎飛得累了，卻也高興地一直看著天空。「原來這就是飛行，好刺激啊，阿里沒有騙我呢。」

經過阿丹帶出去幾次放飛，小虎才發現，原來阿里會學人類說話，每次都捉弄路上的行人。阿丹第二次飛行出去，就跟著阿里到處去探險了。

「我肚子餓，我肚子餓。」八哥阿里在巷口跳啊跳，說著人話。

「餓扁了啦，餓扁了啦。」

「媽，妳看那隻小鳥說肚子餓耶！」一個小孩聽到了，笑著捧著肚子。「好好笑喔！」

八哥阿里聽了飛了起來，又說了一句。「你是笨蛋，你是笨蛋！」

「你這隻臭鳥，還會罵人！」小孩聽了這鳥竟然還會回罵，生氣對著這隻八哥踢了一腳，八哥趕緊飛得更高，接著大叫。「是壞蛋，是壞蛋！」

「噗！」然後，八哥阿里飛在空中大了個便，就落在那個動粗的小孩頭上，讓小孩哭著叫媽媽！

「哈哈，原來還可以這樣啊，好好玩喔。」小虎在屋簷上好奇的看著八哥阿里。「你真聰明耶，我的小主人都聽不懂我說的話！」

「開玩笑，你被人養大，還不了解我們鳥的世界，呀呀。」阿里帶著小虎在小鎮上空飛著，停在小公園裡，聽著麻雀阿姨吱吱喳喳，一直聊著八卦。

「欸，沒看過你這個帥哥，從哪裡來的啊？」第一隻麻雀阿姨跳了過來，湊上了小虎的身邊。「帥喔。」

「是啊，真是年輕又英俊呢！」第二隻麻雀也好奇地湊了過來，對著小虎拋了拋媚眼。「比我家老公帥多了說。」

「是啊，是啊，讓我看看讓我看看。」第三隻麻雀更好奇地看了過來，心急地在後面跳啊跳。「欸，不要擋住我啊！」

一下子許多麻雀都湊了上來，吱吱喳喳七嘴八舌，阿里只好帶著小虎趕緊飛到天上去，讓那些麻雀阿姨們失望地說：「帥哥，不要走啊！」

「原來麻雀阿姨這麼吵呢。」小虎覺得很好玩，繼續跟在阿里的背後飛著。

「你不知道的可多著呢！」阿里帶著小虎飛到另外一個公園內，才停在一棵樹枝上，小虎就覺得怪怪的，怎麼一直聽到周圍有著咖擦咖擦咖擦的聲音呢？

這時候，在樹幹後方樹洞內，一隻五色鳥探出頭來：「欸，小朋友，你擋住我的鏡頭了啦！」

「是喔！」小虎一轉頭看，一大群人在一條封鎖線前面，拿著攝影機、照相機不斷拍攝著。

「哪來的鴿子和八哥啊！」幾個攝影師在觀景窗中眨了眨眼，看清楚那兩隻突然出現的鳥，竟然是常見的八哥和鴿子之後都抱怨起來。「害我緊張一下，浪費好幾張照片！」

「咕咕咕！」小虎飛了起來，邊飛邊笑著。「原來外面的世界這麼好玩！」

該回去了，天色有些昏黃了，就在這時候，小虎已經被阿里帶離自己家很遠了。

「怎麼辦，我該怎麼回家啊？」小虎緊張地飛在天空中，想要看一些自己習慣的景物當作參考點，但是這時候因為黃昏了，在黃昏光線的照耀下，許多景物的模樣和白天時有些不同。

「哈哈，這個問題你要問你自己啊！」八哥阿里笑著飛起來，小虎跟著飛行。就在這時候，小虎感覺得到，有一條看不到的線，慢慢拉著小虎前進著，雖然眼睛看不到，但是身體感覺得到，就在前方，隱隱約約之間有一條磁力線，引導著小虎每一次轉彎和直行。

小虎驚訝地飛著，他甚至可以閉起眼睛，專心感受這磁力線的指引，就能讓他飛到正確的方向。

「阿里……請問，這就是……我的小主人說的：『磁場』的感覺嗎？」小虎愈來愈驚訝，他從沒想過自己有這種超能力。

「對啊，這就是你們鴿子的超能力啊，我就沒有這種超能力啊，呀呀。」阿里說著說著就飛走了，留下小虎繼續飛行。

「小虎，回家囉！」阿丹有一點緊張，騎著腳踏車四處繞，以為小虎飛走了，四處喊著。「你在哪裡啊，怎麼還不回來啊！」

啪啪啪，小虎從天空中飛回來，降到了腳踏車的前方。

「哈哈，你今天飛比較久喔，害我也擔心了好久喔。」阿丹把小虎捧了起來，放回籠子裡面。

「咕咕——」小虎對著阿丹叫著，其實是：「下次我還要去玩啊！」

4

飛翔的危機

這天，阿丹又帶著小虎上到了頂樓。

「小虎，飛！」

小虎開始在天空盤旋愈飛愈快，但是這時候，前方有一大群黑壓壓的鳥群衝了過來。小虎沒看過這樣一大群的鳥，他只看過白鷺鷥，看過夜鷺，看過麻雀，看過八哥，可是……那都和前方的不像啊，小虎就看傻了眼，直到那一大群鳥衝到自己的面前。

「滾！」咻的一聲，一大群正在飛行練習的賽鴿隊伍，迎面衝向小虎，讓小虎嚇了一大跳，掉落了許多羽毛。

「臭小子，不要混入我們隊伍，我們會啄光你的羽毛！」

原來，這賽鴿隊的首領，是一隻叫做「超級傑克」的鴿子，他看起來相當強壯，每根羽毛都好像擁有光彩，每次的飛行都是如此隨心所欲，好像原本就屬於天空一樣。

「繼續衝啊！」超級傑克對著自己的隊友大叫。「向左轉，衝！」

小虎仔細看，眼前的鴿群就像是一個軍團一樣，在天空中變成了一股勢力，連體型比較大的白鷺鷥、夜鷺，看到他們迎面飛來，都只有閃躲的份。

「好羨慕喔。」小虎停在屋頂觀察著這個鴿子軍團，他們很有氣勢，非常威武有力，每個成員都很強壯，每一雙眼睛都炯炯有神，不像他自己……小虎看著自己的翅膀，並沒有這麼有光彩，自己的肌肉也不強壯。

「那當然，超級傑克可是荷蘭冠軍鴿和比利時冠軍鴿的後代耶，呀呀！」那隻八哥阿里飛到了小虎身邊落下。

「是喔……」

「那一位超級傑克，他的主人已經預約了四個月後，下次飛行大賽的冠軍了，呀呀。」

「飛行大賽是什麼？」

「就是你們鴿子的飛行大賽啊！」

小虎好奇地看著這一大群賽鴿的飛行，感覺自己有些孤單，原來鴿子是可以有夥伴的，他都只有自己一個，每次在天空中孤單的飛行。

而小主人阿丹站在屋頂上看著四周，遠遠看出去的一個屋頂上有著鴿舍，上面有人正在揮旗子，這讓他覺得好有趣。原來別人養鴿子還會放飛，還會揮著旗子讓鴿子到處訓練，還會吹哨子當結束飛行訓練的口令，讓鴿子飛回來，而那個旗子就好像指揮旗一樣，鴿子都會跟隨著旗子的信號飛行，這讓阿丹想起了爸爸收起來的那個旗子，原來是這個用途。

「爸，我們……」阿丹在吃晚餐的時候問起了爸爸。「那個……我們……可以去賽鴿嗎？」

「不行。」爸爸聽了，先是驚訝一下，回答之後就低頭繼續吃著飯。

「那……我自己訓練鴿子飛就好了。」

「傻孩子，不要去飛什麼賽鴿。」

「爸，為什麼？」

吃完飯，爸爸先看了看小虎的眼睛，再看了看小虎的翅膀，用手摸了摸鴿子羽毛的質感。

「牠是有潛力啦，可是……」爸爸搖搖頭，也怕讓阿丹失望，所以只好稍微說了謊。「是還不到時候。」

可是阿丹不放棄，他拜託爸爸，找了一些有經驗的朋友，上看看，下看看，摸著小虎的身體，都搖搖頭說，小虎沒有飛賽鴿比賽的希望，叫他死了這條心。

「第一，因為牠沒有血緣可以參考。」曾經得過賽鴿冠軍的陳大叔搖搖頭，對著阿丹說著。「聽你爸爸說的吧，因為這隻鴿子是普通的野鴿子……唉，不可能的，小朋友，你死了這條心吧！」

「第二，牠的骨骼和肌肉沒有發育好，就算發育完全了，也應該不會強壯，所以不可能。」另外一位得過賽鴿冠軍，養過幾十年鴿子的白髮老阿公也這樣說著。「牠只是弱雞鴿子，在自己家附近飛飛就好了，不要想太多。」

「第三，牠的眼睛看起來沒有光彩，所以更不可能！」一位曾經養過冠軍鴿的阿姨，對著阿丹搖搖頭。「好的鴿子，眼睛裡面都是光彩，好像一顆寶石一樣閃閃發光，可是，這隻鴿子沒有這種光彩，就像是個普通彈珠，去飛比賽只是浪費錢啦！」

這些叔叔阿姨說的話，都和爸爸說的一模一樣，讓阿丹覺得好沮喪。阿丹只好不放棄地去翻書，終於得到了結論，其實大家說了半天，最後的意思就是，「小虎沒有好的血緣」。就好像籃球員的小孩，也可能會變成籃球員，而棒球員的小孩通常都去打棒球一樣，因為他們先天的條件就比別人優秀，更容易獲得好的成績。

「小虎啊，難道你真的不能參加比賽嗎？」阿丹覺得有些難過，看著小虎咕咕咕地轉頭好奇看著，阿丹不想放棄。

於是，阿丹每天下課，就帶著小虎上頂樓，揮舞著他模仿爸爸的那張大旗子而自製的小旗子，上面畫著可愛的小虎Q版造型，要訓練小虎飛得更快。

「快啊！」阿丹揮著旗子。「小虎你可以飛得更快！」

「為什麼我的主人阿丹，這麼想要我飛得快？」小虎也覺得好奇怪。「我不是就在飛了嗎，難道這樣還不夠快嗎？」

「不一樣啊，呀呀！」小虎回到家，窗台前的八哥阿里說著。

「因為人類喜歡比賽，所以才要你飛快。」

「飛得快……？」小虎覺得有些疑惑。「飛得快要幹嘛？」

「要去比賽啊！」另外一隻麻雀阿姨說著。「得冠軍，拿金牌喔！」

「冠軍，那是什麼東西？」小虎覺得好奇怪，似懂非懂的問著。

「是不是一整包的飼料，好好吃的那種！」

「小虎，你是傻瓜，只要一隻鴿子飛到了冠軍，就可以榮華富貴供養到老，多幸福啊，唧唧嚓嚓。」

「什麼是榮華富貴啊，咕咕？」

小麻雀阿姨們飛了過來，又討論起來。

「傻孩子，就像是人們電視演的那樣，普通人家的小女孩，嫁入豪門當貴婦囉，唧唧嚓嚓。」

「是喔？」小虎還是似懂非懂。

在這幾次訓練之後，阿丹就常常帶著小虎飛行，才經過幾次的訓練，阿丹就不知天高地厚，充滿了自信。

「爸，幫我報名吧，我要讓小虎得到飛行大賽的冠軍！」阿丹信誓旦旦的說著。「絕對，是冠軍！」

「哈哈，你野心還真大。」

「因為我是……」阿丹本來想說出，因為我是「賽鴿大王」的小孩啊，但是阿丹知道，那會讓爸爸想起很久以前的地震，所以他忍住了，沒說出口。

「因為……小虎喜歡飛行，所以我才要讓他去飛！」

爸爸想了想，幫忙打了通電話，寄了資料去賽鴿協會。

「咕咕咕……」阿丹摸著小虎的背，看著他打起了瞌睡。「小虎小虎，你之後就是賽鴿囉！」

阿丹看著窗外，好想讓小虎去飛行喔，而此時，窗外灰黑色的雲朵，飄得好快好快。

「各位觀眾，最近天氣有些改變，因為氣壓不穩定，可能會有突然的陣風和陣雨，請各位觀眾出門一定要準備好雨傘。」電視裡面的氣象預報女主播，略帶著緊張氣息和觀眾說著。

「要刮大風了，不要讓鴿子出去飛。」阿丹爸爸看著外面的天空，憂心忡忡對阿丹說著。「對小鴿子來說，會有危險的。」

「可是，天氣看起來還很好，又沒有下雨。」阿丹堅持己見，就帶著小虎爬上了頂樓，一放手，小虎就飛了起來。

「飛啊！」阿丹拿出了紅色的小旗子揮著，其實阿丹根本不懂訓練賽鴿的方法，只知道亂揮旗子。「往那邊衝啊！」

天空中遠方的濃雲飛得好快，小虎也覺得奇怪，他還太年輕，沒看過這種雲朵。而同時之間，超級傑克的鴿群也在空中飛行著，小虎看著超級傑克鴿群分了心，就在這時候，突然有一陣強風刮了過來，那道強風異常沉重，讓小虎就算張開翅膀，也撐不住風的重量。

「咕咕咕！」小虎被這陣強風刮得在空中翻轉了數圈，阿丹的衣服也被吹得啪啦啪啦響，風大到阿丹腳步也站不穩，阿丹心跳加速起來大叫：「小虎！」

小虎被風刮得在空中翻轉的時候，看見同樣在空中的超級傑克鴿群，卻彷彿沒事一樣，衝過了那道強勁的風，完全不懼怕這強勁的風勢。

「快回來啊，小虎！」阿丹看了好心急，一直對著小虎大叫。但小虎不管怎麼拍翅膀，都不能穩定速度，他想要飛入超級傑克鴿群內，尋求幫助，但是另外一陣風刮了過來，讓小虎又翻滾了幾圈。

「救命啊！」小虎對著超級傑克大叫著。「我飛不動了！」

「臭小子，你太嫩了，連這陣風都克服不了，還想當賽鴿？」超級傑克沒打算要幫助小虎，就帶領著自己的鴿群往反方向飛走，一下子就離小虎更遠了。

小虎此時已經被風吹得失去方向感，瞇著眼睛低飛，又被風吹得翻轉，視線不清讓他撞到了電線桿。這一下讓他眼冒金星，突然睜不開眼睛。

「救命啊，咕咕咕！」

小虎昏了頭，分不清楚方向四處飛著，不小心飛到樹叢中，尖銳的樹枝讓他身上多了好多傷口。

「阿丹，你在哪裡，咕咕？」

儘管小虎努力要振翅飛起，但是他已經失去了氣力，只覺得疼痛不已。他在空中想停在樹上休息，但是還沒停下，又被風吹得更遠，都不知道自己被吹到哪裡去了，只覺得自己離那些熟悉的屋頂，已經愈來愈遠了。

「咕咕咕，救……命……」

小虎撞到頭之後，那指引空間和方向的磁力線突然消失了，就迷失了方向感，最後失去了力氣，重重地墜落，碰的一聲，小虎摔到一個巷子裡堆著的垃圾紙箱上面。

「這裡……是哪裡？」

小虎吃力地跳下紙箱虛弱地走著，轉頭四看這陌生巷子裡的紅磚牆。小虎已經疲累到底了，他還以為外面的世界充滿樂趣，從不知道有危險。

「有鴿子耶，媽媽！」一個幼稚園年紀的小男孩，看到了小虎的身影，好奇地追了上來，那跑步的啪啪聲響讓小虎嚇了一大跳，趕緊躲到了巷子垃圾袋的縫隙之中。

「媽媽，鴿子不見了。」小男孩跑過來看，小虎繼續躲著不敢出來。

本來還以為危險過去了，小虎想要重新起飛，但是翅膀受傷讓他飛不起來，小虎想要走出巷子，在牆邊探出頭，但是這一看，讓小虎嚇了一大跳。

「汪汪汪！」一隻狗注意到了小虎探出牆邊的頭，於是追了過來，小虎一看那隻狗的尖銳牙齒上還滴著大滴的口水，就趕緊跳回巷子內，逃到一隻狗進不來的牆邊小洞裡，像隻老鼠一樣的躲起來。

「這裡是怎麼回事啊……咕咕……」

小虎在小洞裡躲了好久，直到洞外的景物全被夜晚染黑之後，一顆圓圓的月亮高掛在天空中，小虎才敢從洞裡面走了出來。

小虎又累，身體又痠痛，也沒有吃東西，他緩慢地走著，努力凝聚著精神，想要感受磁力線方向感。

「要走到什麼時候才能回家呢？」

走到了這個市鎮的廣場上，小虎抬頭四看，廣場中央一個偉人雕像，以及廣場邊緣的速食店人物雕像，都好像在盯著他看一樣，讓他覺得好緊張。

「家在哪個方向呢，怎……怎麼辦，咕咕咕？」

就在這時候，小虎又發現，有幾個詭異的身影正在追著他！

「是誰？」

那些追著小虎的腳步聲，窸窸窣窣的愈來愈靠近小虎。

「咕咕咕，是誰？」

小虎瞪大眼睛，害怕地躲回小巷子裡面，這時候，那細碎的腳步聲依舊逐漸接近，幾個拉長的影子經過轉角，經過路燈的照射，看起來像是什麼奇怪的妖怪，看來非常恐怖。影子愈來愈接近，到了小虎的前方蓋住了他的身影，小虎非常害怕，不斷向後退，但是後面是一面牆，他已經無路可退了啊。

「救……救命……」

小虎實在太害怕了，加上疲累讓他頭昏眼花，肌肉無力，就這麼靠著牆壁，昏了過去。

5

流浪鴿集團

「咕……咕……咕，這是哪裡？」半夢半醒之間，小虎甦醒了過來，眼前視線模模糊糊，眨了眨眼之後才確定自己還活著。

「我……我沒事？」小虎看著自己的身體，雖然遍佈著受傷的痕跡，但是似乎有人幫忙處理過傷口，看來都乾淨許多。

「誰……誰救了我？」小虎發現自己在一個灌木叢之下，他頭一抬起來，就弄得樹葉沙沙響著。

「嘿，小兄弟，你醒過來了啊！」突然間，一個年紀尚小的小胖鴿走了過來，把頭探進了樹叢內，讓小虎嚇了一大跳。「昨天晚上在街上遇到你的時候，我還真怕你都醒不過來了呢！」

「你……你是誰？」儘管被嚇了一跳，但小虎看到了同類，就讓他內心安穩了些。

當小虎完全回過神來，他把頭探過小樹叢轉身一看，小虎更嚇了一跳，眼前是一個公園深處的草坪，而這個草坪上，竟然有他從沒看過這麼多的鴿子同類，發現小虎出現之後，全都同時轉頭看向他。

「咕咕咕！」大家同時好奇地看著小虎，七嘴八舌討論起來。

「哪裡來的啊？」、「還是孩子啊。」、「滿帥的啊！」

「你也是千辛萬苦逃出來的嗎？」另外一隻小瘦鴿也跳了過來，心情激動地看著小虎。「難怪你看起來渾身都是傷，一定是鑽過鐵絲網，恭喜你自由啦！」

「逃，自由？」小虎眨了眨眼睛。「什麼什麼，我不是……」

「喔，別再說了，我都知道，過去非常痛苦對不對！」小胖鴿把頭湊了過來問道，搖了搖頭。「你是不是和我一樣，從動物園逃出來的！」

「痛苦，動物園？」小虎從沒聽過這些字彙，對他來說非常陌生。

「是啊，非常痛苦啊，每天都會有一堆人站在籠子前面看著你，有人還會拍打籠子，太可怕了！」帶頭的這位小胖鴿邊走邊說。「逃出來就好了，歡迎加入我們流浪鴿集團。」

「流浪？」小虎還是不懂。「有什麼好流浪的？」

「好吧，說流浪還好聽點，反正我們就是無家可歸了。」小胖鴿無所謂地說著，上下打量著小虎。

「咕嚕——」小虎肚子餓得叫了幾聲，這時小胖鴿二話不說，從翅膀下拿出了一些麵包屑。「就知道你餓了，先吃這些吧！」

小虎一看到麵包屑，因為太餓了，不假思索就開始啄了起來，一吞下去就皺起了眉頭。「喔，好硬喔，不好吃！」

「有得吃還嫌！」小胖鴿生氣又疑惑地想著。「奇怪，動物園什麼時候伙食變這麼好了？」

這樣的遭遇，讓小虎想起了主人阿丹，總是讓他吃吃喝喝，給他保暖，照顧得無微不至，再看向眼前這些鴿子們。「請問……你們……都沒有主人嗎？」

「主人……什麼意思？」小瘦鴿瞪大眼睛。「主人，我最討厭恐怖的主人！」

小瘦鴿瞪大眼睛，想起了過去住在一個小籠子裡面，牠的小主人是一個小女孩，成天尖叫不停，讓小瘦鴿怎麼遮住耳朵也沒用，一下子就精神衰弱，從胖變瘦。

「我們沒有家，哪裡有得吃，我們就去哪裡。一般來說，我們都去廣場，就會有得吃了。」小胖鴿笑著說。

「為什麼不想有個家呢？」

「這問題別問我，咕咕咕……」這隻小胖鴿笑了。「你去問別的鴿子！」

「請問……」小虎好奇地走向前方那隻鴿子，探了探頭。「你是什麼鴿？」

「我是……」這隻鴿子抬頭起來，周圍彷彿有了光彩。「我當然是大帥鴿！」

周圍的鴿子聽到之後，全都咕咕咕大笑著，原來這隻鴿子曾經因為模樣又帥又英挺，羽毛顏色又好看，所以總是被當作種鴿，和許多的母鴿子交配生小鴿子，這樣的生活讓這隻大帥鴿終於受不了了，趁著一次人們監視的空檔逃了出來。

「那……那你呢？」小虎看著身邊一隻白色的鴿子問起。

「看我的顏色就知道……」白色鴿子正在打盹，被小虎吵醒之後慢慢地回答著。「我是和平鴿！」

「那……為什麼你是和平鴿？」

「唉，因為我是白色的，所以我就被人類當和平鴿了啊！」

和平鴿搖搖頭，他記得他從小被養在一個籠子內。直到有一天，有人帶他們去一個廣場，他隔著籠子，聽到了許多人喊叫的聲音，接著響起了隆重的樂曲。

「這裡是哪裡啊？」白鴿問著夥伴，夥伴也不知情，緊張地四處看著。「沒人知道啊！」

突然間，外頭響起了莊嚴的廣播：「今天就是我們偉大的紀念日，為了紀念這偉大的時刻，現在施放和平鴿！」

「什麼是和平鴿啊？」這隻白鴿問著身邊的朋友，朋友也搖搖頭。「沒聽過啊，咕咕？」

沒想到，籠子隨後開了，一道刺眼的光線讓鴿子們全都緊張了起來，這時候，有人竟然大力地晃動、敲打著鴿籠，於是一群鴿子全都嚇壞了，只好飛了出去。

「到底怎麼了！」白鴿眼睛適應了光線之後，發現周圍有好多五彩繽紛的氣球，氣球上還裝飾著美麗的緞帶和貼紙，白鴿低頭一看，底下有好多好多的人類！白鴿從小到大，只有看過那位來餵他們吃東西的人，剩下的全是陌生人，隨後，人們放起了彩帶炮，碰碰碰的聲響讓鴿子們更加慌張了，他只好努力拍翅膀，飛到附近的公園裡休息。

可是，畢竟這裡環境完全陌生，而且白鴿從來都沒有自己找過吃的東西，馬上就餓了肚子，不知道該往哪裡去，最後頭昏眼花昏倒在路旁邊。

「還好我被流浪鴿集團收留了。」白鴿無奈地和小虎低著頭說著往事。「不然我早就餓死了。」

「那你呢？」小虎看著一旁一位悲傷的灰鴿子。

「我是被放生的鴿子，我的同伴幾乎都死了，留下我一個。」這隻灰鴿很悲傷的說起過去。

那時候，許多鴿子從繁殖場裡被人整籠買走，被載到深山裡面去，車子震啊震的，把許多同伴震得昏死過去。

「救命啊！」灰鴿在求救，可是一點用都沒有。最後，鴿子們被帶到高山去放生，啪啪啪啪，大家起飛到天空中，本來還以為自由了，但是天氣實在太冷了，又不知道上哪找吃的，更搞不清楚哪裡是家，最後這群放生鴿幾乎死光了，只剩下這隻灰鴿努力飛到山下去，最後逃到這裡，被流浪鴿集團收留了。

「那你呢？」小虎聽了這悲傷的故事，也感傷了起來，他看了看一旁一位個子很小的鴿子。「那……你……你是不是發育不良啊？」

「我……我是斑鳩啦！」路過的斑鳩氣呼呼的，旁邊的鴿子又都咕咕咕大笑了。

「那……你呢？」小虎在這鴿群之中，終於發現了一個，有著熟悉氣質的鴿子，走了過去好奇地問起。

「請問……」小虎跳跳跳了過去。「你當過賽鴿嗎？」

有一位看起來相當強壯的鴿子，他可是有著德國的血統，他的名字叫做舒密特。

「是的，我在當軍鴿之前，當過一陣子的賽鴿。」舒密特正在休息，睜開一隻眼睛看著小虎。

「那現在……為什麼會在這裡呢？」

「哼……為什麼？」舒密特不高興起來，其他鴿子湊了過來看熱鬧。這時候，舒密特站了起來，原來，他只有一隻右腳，另外一隻腳沒有腳掌。

「你為什麼只有一隻腳？」小虎從來沒看過只有一隻腳的鴿子同類，這讓他驚訝莫名。

「還不都是人類害的，要我們去傳信。我們飛到一半遇到了老鷹，我被攻擊，一隻左腳就被老鷹咬掉了！」

許多鴿子聽了，全站了起來，腳上都有著腳環。這時候，小虎才注意到，所有的鴿子都裝著一個腳環，但是舒密特僅有的一隻腳上，卻有兩個腳環，上方的腳環看來鬆鬆的，像是後來才裝上去的。

舒密特邊和小虎說著，腦中不斷回想起那一天，他帶著訊息，飛過一個丘陵地區，他本來以為他會成功，志得意滿地向前衝刺，但是一個黑影逐漸從自己正上方降下，舒密特緊張地抬頭一看，發現那令自己瞇起眼睛的逆光之下，是一隻向下俯衝的老鷹。

「天啊！」小虎聽了，發抖了起來。「好可怕啊！」

「孩子，你才剛來，還是趕快適應環境吧……」舒密特還沒說完，突然間，周圍的鴿子開始喊著。「快起飛！快！」

於是大家二話不說，毫不遲疑馬上振了振翅膀飛上天空中去，小虎一

緊張也跟著飛上天空，慌亂之間天空飄滿細碎的羽毛。

「怎麼了？」小虎一邊飛，一邊問了身邊的舒密特。

「孩子，你自己看就知道了。」

小虎低頭看向四處，原來有一些野狗偷偷跑進公園來，要偷襲這群鴿子。還好流浪鴿集團的巡邏哨兵發出了消息，讓大家及時都起飛了，那些野狗只好對著天空汪汪叫。

一大群鴿子就這樣在天空中飛行，像是超級傑克的鴿團一樣，但不同的是，這是一群老弱殘兵的鴿團，不像超級傑克鴿團那麼強壯又有紀律，流浪鴿集團飛在空中的姿態好凌亂，速度參差不齊，隊伍看來脆弱不堪。

小虎回過神來，這時候他才發現，原來這裡就是所謂的都市，有許許多多各式各樣的建築物，和比較

偏遠的農業鄉下有著很大差別，而小虎之前被那陣風吹得暈頭轉向而受傷，失去了最寶貴的磁場方向感，只得盡力跟著前方鴿子。

「什麼時候才能回家呢？」小虎還感覺頭昏，身體也沒什麼力氣。「阿丹……你在哪裡？」

就在小虎幾乎快飛不動的時候，大家慢慢地落在河堤上。

「好了，看樣子我們要在這裡度過今晚了，好好休息吧！」小胖鴿跳跳跳過來，看著小虎又湊上來看。「小兄弟，這是你流浪的第一夜吧，不過你會習慣的，哈哈哈。」

「對啊，久了也是能像他吃的這麼胖呢！」小瘦鴿跟著說。

「我才不是胖呢！」小胖鴿展示著自己的肥胖胸肌。「這是壯啊。」

「咕咕咕——」一大群鴿子又笑成一團。

入夜了，月亮圓圓高掛天空，一兩朵雲朵飄過月亮。有一隻出任務的鴿子，撿回了一大包的吐司麵包，所有的鴿子都分到了一些。河堤邊的河流水面上，月亮的倒影搖搖晃晃。河堤邊有著一個個橋墩，在那些橋墩的巨大樑柱上，有著許多可以遮風避雨的地方，許多鴿子就在上頭休息睡覺。

「好痛……」夜裡，小虎的肌肉仍然覺得痠疼。「什麼時候才會好啊？」

舒密特看了，緩緩移動身體靠了過來，看著有些難受的小虎。

「臭小子，還在痛嗎？」

「對……」小虎皺著眉頭。「睡不著……」

「會習慣的。」舒密特理解地說道。「流浪就是這樣，東一塊受傷，西一塊瘀青，一不小心，連命都沒有了。」

「舒密特……你流浪很久了嗎？」小虎有些謹慎地問起。「在離開原本的地方以後……」

「嗯……很久了。」舒密特想起自己失去右腳的那一天，他躲到樹林裡面忍住疼痛，本來以為自己就要死去了，但是他撐著身體來到了都市之後，被流浪鴿集團收留和療傷，靠著大家的支持才能活到現在。

「都要感謝流浪鴿集團的首領，他讓我們能活到現在……」

小虎想起了阿丹，阿丹不像今天遇到的鴿子同伴說的那麼壞，阿丹對動物都很好，對自己也很好，若沒有阿丹，他也絕對不能活下來吧。

「舒密特……」小虎看著舒密特問。「那……你……你會想家嗎？」

「臭小子，整個都市只要能遮風避雨的地方，都是我們的家。」

「舒密特，原來這世界上，還有鴿子是沒有家的……」

「臭小子，我知道你想回家，但你還沒有完全康復，先躲在集團這邊，再想辦法回家去吧。」

小虎看著月亮，終於因為疲勞而睡著，月光照映著河水，搖搖晃晃，只剩一隻腳的舒密

特，在小虎身邊靠了過去，窩起身子，給小虎一些溫暖。

這時候，所有的鴿子都睡著了，只有一隻特別的大胖鴿剪影，正在遠方祕密觀察著小虎。

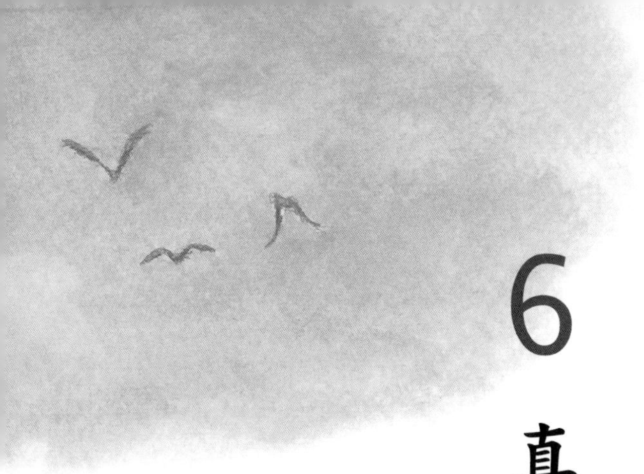

6

真正的天空

接下來幾天，小虎的身體復原許多了，他跟著流浪鴿集團東奔西走，從東飛到西，從巷弄飛向屋頂。

「這邊有餅乾，快點！」一位去找食物的壯鴿子，咬回一包過期餅乾。「再不撿回來，這就會被人類拿去丟垃圾桶了！」

「這裡有過期的麵包，快撿啊！」另外一位去找食物的鴿子，把許多麵包塊攤在草地上。「這才剛被便利商店當作過期麵包丟出來，快去吃！」

另一隻鴿子快報，要大家飛到了廣場上等著。「快，今天又要放和平鴿了！」

「我們也能去嗎？」小虎聽了，搞不清楚狀況。「因為……我又不是白色的鴿子。」

「哈哈，沒關係的。」舒密特笑著說。「就跟去吧！」

小虎跟著流浪鴿集團，到了廣場邊緣的屋頂等著。

「預備啦！」一隻鴿子正在通風報信。「五，四，三，二，一，要飛啦！」

「碰——！」一陣彩帶施放了出來，有一個籠子內打開，放出許多白鴿飛向天空。這時候，流浪鴿集團就要魚目混珠，跟著從一旁建築物的屋頂上飛起來，才能造成鴿子飛滿天的視覺效果，非常能吸引大家的注意力。

「原來如此啊。」小虎理解了，和舒密特被分配到地面組，趕緊靠近人類區域。

「接下來，快，就在人類專心往天空看的時候，快去撿他們掉在地上的東西吃！」

地面上許多鴿子，趕緊在人類抬頭分心的時候，鑽入人潮之內，

撿了許多人類參加活動的時候丟下的食物，再趕緊跑出來。

「大成功啊！」許多食物被集中起來了，流浪鴿集團的成員們都非常高興計畫順利，大家都吃得飽飽的。

小虎覺得很新奇，原來在戶外生活雖然辛苦，要吹風淋雨，但也有著許多想像不到的樂趣。

「舒密特，這真好玩啊！」小虎分了一塊麵包，吃得津津有味，但就在這時候，他抬頭一看遠方，一群快速飛過的賽鴿群，這又讓他想起了阿丹，阿丹過得好嗎？小虎曾想過飛回去，可是他的磁場感覺還沒復原，根本不敢貿然飛回去。可是如果回去了，如果可以成功當一隻賽鴿，阿丹一定也很高興吧。

「其實，小虎，你適合當賽鴿。」舒密特知道阿丹在想什麼，對著阿丹說。

「為什麼？」

「小虎，因為要當賽鴿，不是只有強壯而已，反應和智慧，才是真正的關鍵，而我認為你有這個潛力。」

「是真的嗎？」

「小虎，是真的，你只是沒有經過訓練而已。」

「訓練？」

「小虎，要成為賽鴿，都需要嚴厲的訓練，我可以告訴你一些，但是……我並不是最厲害的。」

「那誰最厲害？」

「那就是我們老大，呵呵，如果你有這個運氣，就會知道了……」

「我好想見他，學會這些飛行技術喔……」

小虎若有所思地說著，看著橋墩外面下起了雨。這夜的風雨好大好大，整個城市的樹都吹向一旁，一些街道垃圾被風吹得撞上牆壁，碰的一聲好嚇人，於是舒密特又把大家集中起來取暖。

「睡吧，小虎，就像現在一樣，雖然生活有風有雨，但是明天一定會是新的一天的。」

「睡吧，啊——」小胖鴿和小瘦鴿也打個哈欠湊了過來。「有夥伴就有溫暖呢。」

小虎和大家聚在一起，感覺到許多溫暖，也緩緩入睡了。

隔天，風雨過去了，天空放晴，又是新的一天了。

「各位夥伴，廣場來了一群外地人，他們拿了好多食物餵我們，

我們快去啊！」一隻負責覓食的鴿子飛回來，著急地和大家說著。小虎和舒密特一起飛向廣場，整個流浪鴿集團的鴿子，都在廣場上吃麵包屑。

突然之間，一隻奇怪的白色鳥飛來，他背上有著黑色的羽毛，而他的紅色腳好長好長，站在屋頂看著廣場上的鳥。

「好奇怪的鳥喔。」小虎注意到那隻鳥，只是沒多久，他不知道怎麼了，就失去了重心，從一旁建築物的屋頂上翻滾了下來，剛好落入了屋簷上隱密角落裡的烏鴉巢穴之中。

「可惡，嘎嘎！」一群烏鴉看著那隻長腳鳥，生氣地大叫。「你想偷我們的蛋！」

「我不是故意的啊，」烏鴉群起攻擊那隻鳥，激起了塵煙與羽毛，「救……命啊！」

小虎也不知道該怎麼辦，直到舒密特發現了，趕緊飛上去主持公道。

「住手！」舒密特的氣勢非凡，一下子就讓烏鴉安靜下來。

「臭鴿子別插手，是這傢伙不要命了，想來偷我們的蛋！」烏鴉又大叫著。「我要抓住他！」

「我不是要偷蛋……」那隻長腳的鳥虛弱地說著。「我是……」

「那你從哪裡來的。」舒密特問起那隻鳥。「你不像是都市的鳥……」

「我……我從海邊來的，我昨天才學會飛，想好奇飛遠一點，就遇到了一陣強風，我就這樣被吹了過來……」

舒密特聽了，便對烏鴉說著。「他遇難了，才來到了這裡，你們放手吧。」

「哼……！」在舒密特的氣勢之下，烏鴉放棄了追擊，讓那隻長腳鳥離開，只大叫著：「快滾！」

「你……怎麼會來到這裡？」回到公園去，小虎看到他，好奇的跳過來一看。「你……我沒看過你這種鳥？」

「我迷路了，才來到這裡。」那隻鳥虛弱地說著。「都市好複雜，簡直就是超級大迷宮。」

「你是高蹺鴴，應該住在海邊。」經驗老到的舒密特如此說著。

「你不應該在這裡。」

「我……我昨天跟著家人一起飛行，因為好奇才脫隊去到處看看，後來我找不到家人，又因為風雨太大了，我失去了方向，被吹到了這邊來……我一夜沒睡，到處找著回家的方向，早就沒力氣了，所以才會從屋頂昏倒的。」

「這也沒辦法。」舒密特看著他，給了他一些東西吃，一些水喝，他才回復了一點精神。

「舒密特，該怎麼辦？」小虎問起。

「我去問老大。」舒密特這樣說，就暫時飛離開了。

「我也是被大風吹來的。」小虎看著高蹺鴴，也想起自己的家。

舒密特沒多久又回來了，帶來了老大的消息。

「老大說，讓他待著，復原了之後，我們再送他回海邊去。」

這隻高蹺鴿有個小名，就叫做小高。這下小虎也才發現，難怪當初他出現在這裡的那一天，大家會這麼好奇。

「嘿，你的腳好長，是為了站高一點……」一隻小胖鴿踮腳站起來，學起了他的姿態。「可以看遠一點嗎？」

「不是的，是為了能踩在泥巴裡面，不然陷下去就糟糕了。」他看了看自己的長腳，和鴿子一比真是長上許多。

「如果像你一樣胖，就算腿長也會整個陷到泥巴裡面去啊！」小瘦鴿對著小胖鴿搖搖頭，惹得大家又咕咕笑了起來，就連小高也笑了。

隨後幾天，在小虎和大家的照顧之下，小高復原了許多，也終於有了飛行的力氣。終於，到了小高能回家的那一天。

「可是，你真的知道……你的家在哪裡嗎？」舒密特擔憂地問，而這句話也讓一旁的小虎聽了有些擔心，因為他的磁場能力始終還沒復原。

「我記得，那裡有一棵大樹，有一大片的沙地，有一塊稻田，還有……」

「這下麻煩了。」舒密特搖搖頭。「但沒辦法，還是要先出發吧，如果趕不上跟著族群遷徙的季節，就沒人會帶著他走了。」

出發的這一天，舒密特準備好了一些食物，帶著一群夥伴，一起要往海邊飛。小虎也跟著飛去，但是他還沒有回復磁場導航的能力，

他從天空看向地面，還是不知道家要往哪裡去，試著感覺磁場，卻非常混亂，這讓他只能小心翼翼地看著前方夥伴們。

在流浪鴿集團的陪伴之下，小高在中間飛著，大家在一旁護衛。

「嗯……就是先往這邊，然後……」小高看著四周，內心有些疑惑著。「然後……再往這邊……」

大家飛了飛之後，小高又趕緊說著。

「不對……應該是往這邊，這裡才是……」

「啊，應該是這裡……」

幾次的飛行方向都不正確，還沒飛到定點就已經黃昏了，這讓舒密特生氣起來，讓大家全停下來，待在山邊一棵大樹上。

「夠了！」舒密特對著小高大叫著。「今天大家休息吧！」

小高聽了之後，站在樹上很不好意思。

入夜裡，小高睡著了。

「舒密特，為什麼你對小高這麼凶啊？」小虎偷偷問起。

「唉，因為他年紀太小了，不知道責任的重要性，貪玩沒有責任感，就會把大家捲入危險裡面。」舒密特看著夜空，想了想說著。

其實，小高在一旁沒有睡著，他聽到了舒密特的話語。

「他還不知道，我們生活在外面，一定要非常小心，如果這孩子沒來得及回去，他就沒有機會跟著冬天的遷徙，他就會死在外面，而我……我捨不得失去任何一個夥伴了……」

舒密特似乎藏著心事，不想說明。

小高在一旁偷聽著，內心也滿懷歉意，他覺得好對不起大家。

小高想起那一天他飛出來的時候，帶隊的長老還說著：「絕對不要脫隊，也不要靠近有人類的地方！」可是他不聽，總是想著「脫隊一下又不會怎麼樣，反正一下就可以飛回來了」。就這樣看到了附近有一間工廠，工廠有著大煙囪，他飛近之後被那些臭煙給嗆昏頭了，一下子就失去了方向感。

「原來我這樣會害死大家……對不起……」小高不敢說出口，只滿懷歉意的睡著了，而這時候他發現，白天對他很嚴厲的舒密特和小虎，漸漸湊在他身邊一起睡著，給他一點溫暖。

「謝謝你們……」小高終於緩緩入睡了。

隔天，小高振作了許多，打起精神看著許多路標。

「就是那裡，我記得有一棵大樹，每天黃昏的時候，大樹都在太陽的左邊，在海的那邊落下。」

舒密特帶領著大家，先飛到了海岸線邊，這時候右邊是海洋，左邊是陸地，讓小虎覺得很新鮮有趣，這是他第一次看到海，海看起來一望無際，一陣陣的浪花非常美麗。一群鴿子飛到了海邊之後，大家再順著海岸再尋找小高的飛行路徑。這樣子的方法終於有效了。

「對，就是這裡！」小高飛了飛，看著前方的景物，突然興奮地大叫。「在前面，就在前面！」迎面而來的熟悉地點，小高終於回到海邊，他愈飛愈低，終於落地。

「那不是小高嗎？」小高終於回到了溼地上，父母兄弟都在一旁，激動地相擁而泣。「我們找你好久了啊！」

「對不起大家，我再也不敢了……」小高抬起頭看著天空。「謝謝小虎，謝謝大家。如果沒有你們，我絕對不會活著回來。」

「再見了，小高！」流浪鴿集團盤旋了兩三圈示意，小虎也揮揮

翅膀和他再見。

回程，小虎在舒密特的身後飛行，看著他失去了一隻腳，小虎覺得很感傷。但他漸漸明白，或許這種感傷，就是一種夥伴之間才會有的感覺吧。

才回到公園休息了一晚，隔天馬上又有新的任務了。

「快，廣場雕像邊的屋頂上，有一個被小朋友丟上去的麵包，趕快去撿來！」

今天的任務下達了，小虎和舒密特一組，要去完成這個任務。

「輕輕鬆鬆，簡簡單單！」小虎和舒密特一起去屋頂上撿麵包，就在撿到之後，天空中突然有石頭丟向他們。

「是誰？」小虎和舒密特一緊張起來，趕緊飛起來大叫。「是誰丟我們？」

原來是有幾隻烏鴉，咬著小石頭，丟向小虎和舒密特。就在他們驚訝而飛起的時候，有幾隻黑漆漆的烏鴉就飛降到屋頂上，把那些麵包都咬走了。

「小心烏鴉集團軍！」舒密特飛到了屋簷上，和烏鴉對峙著。

「烏鴉集團軍？」小虎不懂這些烏鴉為什麼不懂先來後到的道理，他對著烏鴉大叫。「是我們先到的！」

一隻烏鴉監視著小虎，尖叫了出來。「你這臭小鬼，這明明就是我們發現的，嘎嘎！」

「明明是我們先來的！」舒密特嚴肅的說著。

「小子，我沒看過你，你從哪裡來的，嘎嘎？」一隻烏鴉好奇的看向小虎，小虎看著烏鴉，不知道該怎麼回答：「我……我……」

「看你年紀還不大，竟然跟著這群鴿子到處當小偷，嘎嘎嘎。」這隻烏鴉露出了蔑視的眼神。

「可惡，我們不是小偷，你們才是強盜！」小虎生氣地看著這些烏鴉，這時候，其中一隻烏鴉竟然發現了舒密特只有一隻腳。

「我想起來了，上次這隻鴿子不幫我們說話，竟然還要我們放走那隻入侵的海鳥，沒想到他竟然只有一隻腳，嘎嘎，他是怎麼活到現在的？」

「可惡！」舒密特生氣了，對峙到了一個階段，一群烏鴉率先發動了攻擊，他們飛向舒密特，拍著翅膀擋住他的視線，儘管舒密特只有一隻腳，卻努力揮動翅膀抵禦烏鴉，但這時候，其中的一隻烏鴉轉向攻擊小虎。

「小虎！」舒密特緊張地轉向，就在這時候，烏鴉趁著舒密特分心，咬下了他腳上第二個腳環，隨後就飛了起來。

「可惡！」烏鴉搶了舒密特的腳環，舒密特生氣的追飛了上去。

「還給我！」

就在這時候，烏鴉把那腳環從空中丟下地面，舒密特趕緊飛下去撿，一落地就咬回那腳環，這時候舒密特才發現，腳環正好丟到了三隻正在午睡的野貓面前，而野貓們因為被這丟擊而吵醒，生氣地要攻擊舒密特。

「喵——！」舒密特因為一時緊張，完全沒注意到這些貓咪，他看著貓咪的尖牙齒和利爪，想著自己就要死了。

「舒密特！」小虎馬上跟著上來，飛到了一隻黑白貓的頭上，影子蓋住了黑白貓，讓黑白貓轉移了注意力。

「快走啊！」小虎對著黑白貓拍翅，還咬著一個塑膠袋蓋了下來，遮住了三隻野貓的視線，讓他們嚇了一大跳，幫助舒密特逃離，留下許多片羽毛。

「呼，真的好險啊！」小虎和舒密特慌張地飛回天上，再回到屋頂。

「謝謝你了，要不是你，我就死定了。」舒密特站在小虎身邊，小虎也好奇地看著舒密特的腳環。「這是什麼，這麼寶貴？」

「這……當年和我一起飛行的朋友的腳環……」

「朋友？」

「當年我遇到老鷹攻擊，我們軍鴿有一個規矩，被攻擊的鴿子是可以被拋下的，但是……他卻飛回來保護我，最後卻被老鷹給殺死了，而我……也被傷害了一隻腳……」

「原來如此……」

舒密特把那只腳環裝回自己的腳上。「小虎，他就像你一樣，年紀還很小，是我最照顧的小弟弟……」

「當年，如果他只想完成任務，不來救我，我現在就不能在這裡了，所以……任務和夥伴，哪個比較重要呢，我想通了，儘管我只剩一隻腳，我還是要努力地活下去。」

「原來……如此……」小虎看著那腳環，若有所思地說著。

「小虎，老大想見你！」突然間一隻鴿子從天上飛降，看著小虎和舒密特。

「恭喜你了。」舒密特聽了，也替小虎開心起來。「太好了！」

「我終於可以請教老大飛行的技巧了！」小虎也非常興奮地大叫。

7

鴿王現身

舒密特帶著小虎飛了起來，要去尋找鴿王。本來還以為會去到什麼神祕的地點，而最後，竟然是飛回到公園，自己第一次被流浪鴿集團救回來的那片樹叢前面。

「你就等著老大出現吧。」舒密特說完，就離開了小虎身邊，讓小虎獨自面對老大。

看來老大終於要出現了……終於能看到，大家口中感覺起來非常嚴肅，也非常具有領導力、執行力的老大了。

他會是怎樣強壯的鴿子呢，像是舒密特一樣關懷著他，照顧著他，還是像之前看到的超級傑克那樣強壯呢？樹叢搖搖晃晃，看來將會走出一隻雄糾糾氣昂昂的鴿子，充滿著信心和勇氣，小虎非常的期待，但等樹叢搖晃完，一隻鴿子走了出來，小虎瞪大雙眼不知該說什麼好。

他是一隻——每次都在轉角待著——看起來行動緩慢的大胖鴿，比之前看到那總是在搞笑的小胖鴿還胖，看來真是好笨重的模樣。

「你……真的……」小虎始終不敢相信。「真的是你嗎？」

「為什麼不是我？」胖鴿王打了個哈欠，「胖子就不能當老大嗎？」

這隻胖鴿看起來行動緩慢的樣子，他真的是老大嗎？這讓小虎有些遲疑，但是看到所有鴿子都對他畢恭畢敬，還有套在他腳上那閃閃發光的金色腳環，小虎馬上就信服了。

鴿王有個中西合併的名字，叫做「路易斯・火旺」。

「為什麼你會叫這個名字？」小虎很好奇，眼光無法從那個金腳環上移開。「你的腳環……為什麼……」

「因為我爸爸是外國人，我媽媽是台灣在地鴿，所以我出生以後就被叫這個名字了。」鴿王爽朗笑著說。「至於這個金腳環，因為我曾經得過冠軍中的冠軍，所以那時候的主人，才讓我裝上這個金腳環。」

「鴿王，我聽說只要一隻鴿子飛到了冠軍，就可以榮華富貴供養到老，但你為什麼還要跑到外面來。」小虎吃驚的看著金腳環的反光，想起了那些麻雀阿姨們說過的話語。

「因為我是鴿子，我期待真正的飛行啊，人類只想用我們鴿子來賺錢，把鴿子用完就拋棄了，我才想逃走，成立流浪鴿集團照顧流浪鴿。」鴿王說完，繼續低頭啄米吃東西。「好了，小虎，我知道你想要學飛行，但你要學來做什麼呢？」

「因為……我……我想要參加賽鴿大賽，我想請你教我，真正的飛行方法。」小虎有點不好意思地說著，臉都紅了。

「你真的想嗎？」鴿王停下啄米，抬起頭看著小虎，皺起了眉頭。

「想！」小虎篤定地說著。

「很好，小虎，我相信你的誠意，但……你知道，什麼是飛行的真正意義嗎？」

這句話讓周圍的鴿子都想了想，有的鴿子還睜大眼睛看向彼此，想著自己飛行的意義。

「我……我知道。」小虎看著四周的夥伴，感慨地說著。「就是為了自己所愛的人事物，去飛得更高，更

遠。」

這句話說出之後，讓舒密特低頭看了看自己的腳環，那腳環象徵的，就是他自己繼續飛行的力量。

「如果我能飛得更遠，飛得更高，我就能替大家付出更多，為了愛我的人付出更多……」小虎一雙清澈的眼睛看著鴿王。「這就是我飛行的意義了。」

「呵呵，很好。」鴿王大笑起來。「想要學飛行的人，就要有這種勇氣，你要有吃苦的心理準備。」

隨後幾天，鴿王在公園裡下著指令，訓練著小虎飛行。

第一關：學習一隻燕子輕巧的飛行，盤旋迴轉飛行訓練。

「小虎，你要好好觀察一隻燕子的飛行，他們可以在極小的範圍裡面急轉彎，你一定要練好這一個絕招，因為天空中的障礙物很多，如果你閃躲迴旋的速度不夠快，那你可能會不小心撞上什麼東西……」

鴿王像教官嚴厲地訓練小虎，一邊看著街角的一隻燕子，以超級快的速度在狹小的巷弄之間迴旋，抓那些人類眼睛看不清楚的蚊子來吃。

「當你飛行速度很快的時候，一旦撞上什麼東西，你會馬上昏過去，那就危險了。」

小虎在公園上方飛行著，一圈又一圈繞著一棵大榕樹，繞到頭都暈了，回到公園地面站不穩，頭昏作嘔。

「這只是第一關而已呢！」鴿王搖搖頭說著。「還要繼續下去嗎？」

「要！」小虎回復了一點精神，激動地點著頭繼續。

第二關：像一隻遊隼一樣衝刺飛行。

「就是因為遊隼是我們的敵人，會把我們抓來吃掉，所以我們才要學習他們的優點，

去對抗他們的缺點！」

小虎和鴿王躲在森林角落裡面，將大片的麵包樹葉啄出一個洞，遮住身體探出頭，偷偷觀察著一隻遊隼，正從天上急速向下衝刺，眼睛還看不清楚，這遊隼就衝到水面上抓出一隻大吳郭魚到天空中，這速度讓小虎看得目瞪口呆。

「當然，你只要有這種速度，你可以逃離各種追擊！」

為此，小虎必須從公園的左邊衝到右邊，繞過樹之後訓練短期衝刺，一圈又一圈。

「在天空中飛行，最重要的就是要隨

時衝刺，甩開對手，也可以甩開許多危險。」

「特別是，小虎，你必須練習突然間的向上衝刺，至於原因，你去問舒密特！」鴿王神祕的說著。「只有軍鴿能告訴你，真正的祕密！」

「因為，老鷹會以非常高的速度向下衝刺，所以要逃離他們的方法，就是往上衝刺，讓他們措手不及。」舒密特驕傲地回答著小虎。「只有我們當過軍鴿的鴿子，才會知道這躲離老鷹真正的方法。」

小虎不斷練習著向上衝刺飛行，每次都練到快昏了過去，才肯停下來。

第三關：學習像一頭牛一樣，可以背負著許多重量。

「學一隻水牛一樣的耐力，才能飛得更遠！」

鴿王帶著小虎飛到一片農地上，觀察一隻水牛替老農夫拉著犁，隨後還去拖車，看起來力大無窮，不會疲累。

「天啊，牛真的好強壯啊！」小虎對那頭牛佩服了起來。

「你必須知道，一隻鴿子必須要飛很長遠的距離，所以必須要負重訓練，等到負重訓練結束之後，你就會更強壯，可以飛更遠的距離也不覺得累了。」

鴿王的夥伴們，把一個用樹藤綁起的木頭，綁在小虎身上。

「好……」小虎發現自己光是起飛都有問題。「好……重啊。」

「這麼輕，還是剛開始呢！」鴿王不以為意的說著，身上背著同樣的重量卻能輕快飛行。

小虎開始進行負重飛行，從第一關一根木頭開始，逐漸加上重

量，好不容易經過一段時間的訓練，小虎終於能背到了五根木頭，也能迅速迴轉。

「很好，終於到了真正重要的關卡了。」鴿王看著小虎已經可以負重，點了點頭。「這是普通的鴿子，和賽鴿之間最大的差別。」

第四關：像是小狗一樣有著清澈的眼睛，還有很好的嗅覺。

鴿王帶著小虎飛到了公園大樹上，觀察那些主人牽出來玩的小狗，大老遠就聞到、看到其他的狗，興奮地跑了過去玩在一起。

「仔細看，他們的嗅覺非常好，視力也很好，才能在很遠的地方就發現問題。」

鴿王仔細的說明：「我們真正的賽鴿，都要調整好呼吸，好好感受每朵雲，它們的質感都是不一樣的，如果遇到了粗糙的雲，遇到從煙囪的煙汙染過的雲，你就要閉氣。」

「天啊，我從來都不知道。」小虎點點頭說著。

鴿王帶著小虎飛入雲朵之間，小虎感覺到自己的羽毛上好像充滿靜電。

「如果遇到了一陣低的烏雲，你就要往上飛去，不然這黑雲放出閃電的話，如果你正好在閃電的路徑上，你就完蛋了。」

小虎穿過了一陣陣白雲，接著看到了一陣灰雲，噁，小虎頭快昏了過去，這就是鴿王所說的被汙染過的雲，混合了許多工廠排放的黑煙。

「小虎，你要用你的嗅覺，去了解判斷雲的重要性，提早做出選擇，才不會有生命危險。」

「是！」小虎緊張地閃過一朵又一朵的臭雲，直到穿入一陣乾淨的雲，隱身了起來，再流暢地飛了出來。

第五關：像是伯勞鳥一般穿越氣流飛行。

「伯勞鳥需要長遠飛行，他們知道最省力氣的飛行方法。」鴿王帶著小虎到了伯勞鳥飛行的路徑去觀察伯勞鳥，因為每年伯勞鳥會從遙遠的北方，飛到台灣的最南方——「墾丁」去過冬。

「小虎，在天空中的氣流不是永遠穩定的，有時候也會突然改變，如果失去戒心，你就會被強烈的氣流給消耗掉太多的力氣。更可怕的，你可能會被一陣強烈的氣流給帶走，就和你當初被吹來這裡一樣。」

小虎聽了，就想起當初那陣激烈的風，而同時之間，超級傑克的鴿團竟然能輕鬆的面對，這讓小虎深刻感受到差別。

「身為候鳥必須要長遠的飛行，甚至要飛越海洋，他們有著驚人的辨認氣流的能力。」

小虎跟著鴿王飛到了天空之中，跟著正在遷徙的伯勞鳥背後，面對一陣突然飛來的風。

「小虎，你要感受風怎麼吹，氣流怎麼改變，你有沒有感受到每一道風吹著自己羽毛的感覺，如果順著氣流，你的翅膀就會切開風，你就能用最省的力氣去飛行。」

鴿王非常了解風，他甚至知道什麼風該有什麼樣的感覺和氣味。

「小虎，快跟上來，現在的風很溫柔，是上升氣流，會把我們往上捧！」

眼前的伯勞鳥馬上往上飛，毫不浪費這氣流的上升力。

「小虎，這個風很壞，它會把鳥都壓到地面上去，趕快脫離這個空間去，到下一段氣流去！」

伯勞鳥群感覺到氣流的差別，馬上鑽入了另外的氣流之中，小虎則閉上了眼睛，細細感覺那些眼睛看不到的氣流撫過翅膀的感覺，他用力一飛，不抵抗氣流，而是順著氣流，就好像有一雙手捧著他，讓他不用使出全力，也能迅速地飛行。

今天又是晴朗的一天。

「嗨。」有一隻公鷓鴣正想要搭訕另外一隻母鷓鴣，開始甜言蜜語起來。「妳的頭冠真是好美，讓我看了心情都變好了起來呢，嘎嘎。」

「真的嗎？」母鷓鴣感受到甜言蜜語，也興奮地靠近了公鷓鴣，兩隻鷓鴣愈靠愈近，就在要親到的時候。「咻！」的一聲，小虎快速飛過談戀愛中的公母鸚鵡身邊，激起的風讓他們的頭上冠毛全倒向了另外一邊，公母鸚鵡都嚇了一跳，雙眼睜大地看著彼此。「嘎嘎，那欸安內！」

這些日子，經過了持之以恆、許許多多的訓練之後，小虎已經在不知不覺之中改頭換面了。首先，他的體型變壯了，胸肌看起來像是運動選手那麼強壯，一雙翅膀上的羽毛變得更豐厚更有光澤，眼睛也變得像是寶石一樣炯炯有神。

鴿王看著小虎的身體變得結實強壯而點點頭，感覺到有些滿意，但是想了想之後，卻也搖了搖頭。

「但是……小虎，就算你訓練完成了，你也可能不會贏賽鴿比賽，因為……」鴿王感慨地說著。

「為什麼呢？」小虎不懂，他已經幾乎學會鴿王全部的飛行技巧了，難道這樣還不夠嗎？

「小虎啊，因為……鴿子必須要一起飛行，才會互相激勵出最快的速度。」鴿王深思地說著。「但是賽鴿比賽，卻是要拋棄夥伴才行……唉……」

「拋棄夥伴？」小虎不解的問著。

「我能教你的也只有這麼多了，」鴿王說完又打了個哈欠。「我餓啦，該去啄米囉！」

「公園鋤草了，大家快轉換地點！」突然間哨兵鴿子傳來了訊息，大夥紛紛起飛要轉移陣地。

小虎飛到天空中，他愈飛愈感覺到熟悉，有一股力量，正在拉扯他，引導他。

「等等，我感覺到……」小虎吃驚地和舒密特說。「我能感受到

磁場了！」

「小虎……難道你……」舒密特看著小虎低頭看著這地面上的小鎮風景。「你之前撞傷的能力復原了嗎？」

「一定是經過鴿王的訓練，所以我才漸漸的復原了！」小虎正在感受那些磁場的線條，每一條線條都在引導著自己前進的方向，而漸漸地與流浪鴿集團的路線有著差別了，這就是一隻鴿子原始的天賦啊。

「小虎，我想，說不定這就是家的感覺吧。」舒密特若有所思地說著。「既然如此，你趕快回家去吧！」

「嗯，謝謝你們！」小虎高興地和大家拍著翅膀。「我要走了！」

「小虎，保重啊！」流浪鴿集團內，不管是小胖鴿、小瘦鴿、舒密特，大家都和小虎擺擺翅膀，繞了兩個大圈之後分了開來。「再見了！」

小虎緩緩從流浪鴿集團分離開來，往下飛降，他讓磁場的線拉著他前進，就算閉上眼睛，他也能知道方向。就這樣飛過了一座山丘，再飛過了一座城市，發現當初被吹走的那一天，真的是被風吹得很遠很遠呢。

現在，穿過一片小山丘之後，眼前的一切是多麼熟悉。以前，小虎還不太會飛，只能飛到一定的高度。但是現在小虎可以飛得很高，看出去的視野就更遠了，看見綠油油稻田的平原，有著清澈河流、筆直水圳的小鎮，每一個景物都令他好懷念。

特別是，還有一個熟悉的屋頂，老舊的雨棚、水塔，長著雜草的水泥屋頂，屋頂上下完雨之後一灘灘的積水。

小虎看著自己家，愈飛愈低，飛過了阿丹一直看向的窗前。

「小虎！」

阿丹不敢相信自己的眼睛，原本心情不好的他，興奮地衝到了陽台去，看著小虎站在陽台上晒著太陽，阿丹衝了過去，抱起了小虎。

「小虎，你去了哪裡，我以為你再也不會回來了！」阿丹看著小虎，眼淚流了下來。「我再也不敢讓你亂飛了！」

8

翱翔天際

小虎被風吹走而沒有回來的那天晚上，阿丹難過地睡不著，爸爸便坐在床邊，和阿丹說著鴿子的故事。「你放心，鴿子都會回家的。」

「所有的鴿子一定都會回家嗎？」阿丹難過地說。「那……亞歷山大……就是爸爸養的亞歷山大，最後有回家嗎？」

「你這孩子……」爸爸想了想，突然會意過來。「竟然偷看我藏起來的相本！」

「因為裡面有媽媽……」阿丹有點委屈地嘟著嘴說著。「所以我才想看的。」

「亞歷山大最後……牠沒有回來。」爸爸想起過去，搖了搖頭。「發生大地震之後，我曾回去等過，沒有看到鴿子們，牠們幾乎都飛走了，我就走了。」

「那你還說小虎會回家，嗚嗚嗚。」阿丹聽了開始嚎啕大哭起來。

那天過去之後，阿丹常常騎著腳踏車到外面去，一邊繞著社區一邊喊著：「小虎喔，你在哪裡啊！」

天空中偶爾出現的鴿子，都讓阿丹心裡激動了一下，但是隨著飛遠的身影，又讓阿丹失望起來，但他不絕望，繼續喊著：「小虎啊，快回家，我準備了好吃的飼料等你回來吃喔，有玉米，還有很多瓜子喔！」

「還在找鴿子嗎？」鄰居阿嬤看了也有點難過。「要不要養隻新的鴿子？」

「不一樣，小虎就是小虎！」阿丹激動地說著。

就這樣找了小虎一個月，阿丹還不放棄，直到有一天，阿丹發現自己第一次爬到樓頂玩時的紙飛機，就卡在一個屋簷旁邊，阿丹跳起來摸到了紙飛機，紙飛機掉了下來。

阿丹撿起了紙飛機，一摸，紙飛機已經泡過雨水而爛掉了。好糟糕的預感……好像小虎已經不會回來的樣子。

阿丹沮喪地低下頭來。

在那之後，阿丹又開始試著一個人玩著遊戲、奔跑、盪鞦韆，但又常常抬頭看著天空中，心裡期待著什麼降臨。所以，當兩個月以後，小虎突然飛過窗前的時候，阿丹不敢相信小虎回來了。

令阿丹爸爸更吃驚的是，不知道為什麼，小虎變得好強壯，一點都不像之前的他，阿丹爸爸摸摸了小虎的肩膀，再摸摸他的胸肌，再看看他的眼睛。

「牠到底去了哪裡？」爸爸有點不了解。「小虎變了好多，好多。」

這幾天，小虎都被關在籠子內，因為阿丹實在太擔心再次失去小虎了。

「我想飛，我想證明我能飛！」小虎激動了起來，但是阿丹聽不懂，好奇的看著激動的小虎。「阿丹，快點讓我飛，我還要去比賽啊！」

「咕咕！」小虎在籠子內躁動著，一直想張開翅膀，讓阿丹覺得好疑惑，怎麼咕咕叫不停。

「爸，小虎怎麼了？」小虎問爸爸，爸爸一看就知道了。「阿丹，因為小虎她想要飛行。」

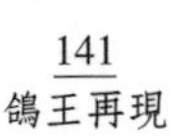

「你怎麼知道？」

「阿丹，你第一次養鴿子，你不知道鴿子其實有喜歡飛行的，也有不喜歡飛行的。」爸爸認真地對阿丹解釋著。「真心想飛的鴿子，你是永遠也限制不了的。」

聽了爸爸這樣一說，阿丹才小心翼翼帶著小虎到頂樓上飛行，爸爸也從自己家陽台抬頭，看著小虎流利的飛行姿態，愈看愈覺得奇怪。

「真想不透啊，小虎真是隻奇妙的鴿子，飛走的鴿子只會變弱，沒有鴿子會像牠變強！」

同時之間，超級傑克的鴿團也正在空中練習，成群飛繞著。

「喔，這小子竟然回來了！」超級傑克的眼力很好，一下子就認出了小虎。

咻！小虎飛得好快，一下子就經過了超級傑克鴿群的眼前，讓超級傑克鴿群的夥伴們都瞠目結舌。

「超級傑克老大，這小子好像變得不一樣了！」幾個成員都好奇了起來。「真不知道這傢伙，是去了哪裡受了訓練？」

「不管他去了哪裡，不都是我們的手下敗將，啊哈哈哈！」超級傑克並不擔心，他快速地迴轉，在天空中流暢地飛行。

小虎變得不一樣了，這讓阿丹既高興，又有點擔心。不過，他不想要再次失去小虎了。

「阿丹，上次幫小虎報名的大賽，報名資料已經核准了。」爸爸拿了一份資料給了阿丹，阿丹一看，搖了搖頭。「不，我不想要讓小虎去飛了。」

「不過，你都報名了，小虎也變強壯了，重要的是，她很愛飛行呀。」爸爸若有所思地想著。「就和亞歷山大……」

「爸，我不像你，你養過這麼多的鴿子，可是小虎是我唯一的一隻鴿子。」

這話語讓爸爸聽了難過起來，而阿丹帶著小虎回到房間去，鎖起了房門。

「阿丹，爸不是這個意思！」

阿丹在房間裡面，心裡還是非常遲疑，湊近看著小虎的眼睛。

「小虎……你真的想飛嗎？」

「咕咕……」

小虎靠近阿丹，眨眨眼睛，狀似點頭的樣子。

月亮圓圓地掛在天上，阿丹早已經熟睡了，起床尿尿經過廁所的時候，看見爸爸還沒睡覺。

阿丹本來想直接走回房間去睡覺，但他發現爸爸正在做些什麼，就躲在門旁邊，瞇起眼睛一看，原來爸爸竟然在看著有媽媽的那本老照片，而一旁就是那隻亞歷山大的鴿子照片。

還有那十多年都不再揮動，已經破舊的紅色旗子。

阿丹不敢讓爸爸發現，放輕了腳步偷偷看著，而阿丹爸爸邊看著照片，自言自語了起來。

「如果當年，我願意多花一點時間陪伴妳，該有

多好呢？

「孩子好像妳……他很認真，很有愛心，而且腦袋很靈活，和妳一樣。

「還好像妳，像我就不好了。」

「我就是太死腦筋了，才會一直只看著鴿子呢……

「如果阿丹能了解就好了呢。」

阿丹偷偷看著爸爸，隨後放輕腳步，回到了房間去，拉緊棉被一直想著。

「媽媽，如果妳還在，妳會怎麼做呢？」阿丹拉起了棉被蓋住了自己的頭偷偷哭著。「妳會讓小虎去飛行嗎？」

「如果媽媽還在，一定也希望你繼續下去吧。」小虎在籠子裡面咕咕說著，振了振翅膀。

廣告回函
北區郵政管理局
登記證北字9600號
免貼郵票

九歌出版社 健行文化出版 Ten Points 天培文化

10558 台北市松山區八德路3段12巷57弄40號

九歌出版社有限公司收

姓　名：＿＿＿＿＿＿＿＿　性別：男□ 女□　出生：＿＿年＿＿月＿＿日
手　機：＿＿＿＿＿＿＿＿　電話：（　　）＿＿＿＿＿＿＿＿
e-mail：＿＿＿＿＿＿＿＿　地　址：□□□＿＿＿＿＿＿＿＿
教育程度：□國中（含以下）□高中職 □大學專科 □研究所（含以上）

與好友分享《九歌書訊雜誌》
推薦三名不同地址的好朋友，他們將分別免費獲贈《九歌書訊雜誌》

姓　名：＿＿＿＿＿＿＿＿　地址：□□□＿＿＿＿＿＿＿＿
姓　名：＿＿＿＿＿＿＿＿　地址：□□□＿＿＿＿＿＿＿＿
姓　名：＿＿＿＿＿＿＿＿　地址：□□□＿＿＿＿＿＿＿＿

您可以選擇免貼郵票寄回、將正反資料回傳，或是上網登錄 九歌文學網 http://www.chiuko.com.tw
電話：02-25776564 傳真：02-25706920

隨時隨地 擁有閱讀的美好時刻！

九歌文學網 http://www.chiuko.com.tw

讀者回函卡

謝謝您購買本書，我們非常重視您的意見與想法，請您費心填寫並寄回給我們！

●購買的書名____________________

●購買本書最主要的原因（可以複選）：□書名 □內容 □封面設計 □價格便宜 □整體包裝 □作家

□其他，告訴我們你的想法：____________________

____

____

●您如何發現這本書：□書店 □網路書店 □書訊 □廣告DM □報紙 □廣播 □電視 □親友介紹

□其他____________________

●下一本你想買的書，主題會是：□華文創作 □翻譯小說 □生活風格 □少兒文學 □勵志學習

□兩性成長 □醫療保健 □旅遊美食 □藝術人文

●您通常用哪一種方式購書：□郵購 □逛書店 □網路書店 □劃撥 □信用卡 □傳真

□其他____________________

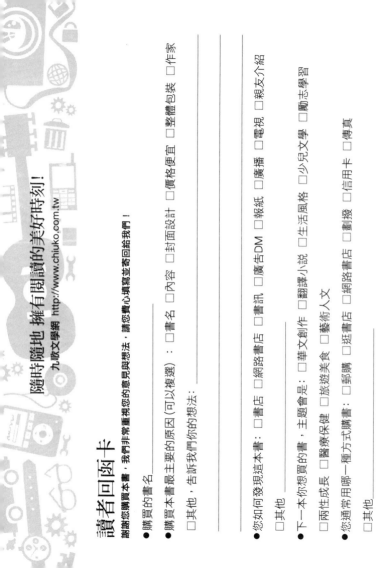

「媽媽……」小虎轉身一看，籠子裡的小虎振動了翅膀，而空氣之中，飄下來一根小虎細微的白羽毛，就在阿丹眼前飄啊飄，慢慢落到了阿丹手上，就像是媽媽回答了他的話語一樣。

這一晚過去，阿丹不再疑惑了。

隔天一早，陽光照入窗戶內，爸爸還在睡，突然聽到了窗外的阿丹聲音。

「小虎，用力飛行吧！」

爸爸靠近窗向外一看，小虎正在用力拍翅膀，跟著騎腳踏車的阿丹，毫無畏懼地向前衝刺練習，隨後向上飛行，穿過一朵低雲，穿過一片濃霧，最後繞了一大圈之後，飛回來落在阿丹的手上。

阿丹爸爸看呆了，開了窗戶，低頭看著阿丹。

「爸，我要讓小虎去飛比賽。」阿丹抬起頭來，發現爸爸正在看著他。

「真的嗎？」爸爸還是疑問著。

「爸，下午我們一起帶阿丹去放飛訓練吧，就和你以前一樣！」

「嗯。」爸爸聽了，會心的笑了。

下午，阿丹爸爸就開車帶著小虎到了遠些的地方去，開始進行放飛的訓練。

「阿丹，你要知道，賽鴿的飛行距離非常長，大概有三百多公里，所以要讓鴿子慢慢習慣這個距離，牠們才能飛得完。」

這段日子以來，爸爸讓小虎從十公里遠、二十公里遠，漸漸到五十公里遠，一百公里遠這樣子的距離，學習愈來愈遙遠的飛行。而小虎速度也愈來愈快了，耐力也愈來愈強了。

「我想飛行！」小虎用力地擺動翅膀，穿過雲霧，飛回到了自己家陽台上。

「爸，小虎回來了，比上次還快！」阿丹拿著馬表一看，再摸摸小虎的背。

「太棒了！」爸爸看了看小虎的狀態，點了點頭。「能飛完就好了，加油。」

「對了。」爸爸從一個信封裡面拿出資料來。「我們來替牠裝上這個吧……」

「這是什麼？」阿丹好奇地看著爸爸，小心翼翼替小虎裝上了賽鴿紀錄用的腳環。

「小虎，裝上腳環之後，你就是真正的賽鴿了。」

阿丹爸爸帶著小虎去賽鴿協會登錄資訊，確定要參加這次的大

賽。

這次大賽，將採取海放，就是把鴿子全都裝在特殊製造的箱子內，然後開船到台灣海峽上，接著，把這些鴿子全放出來。隨後，這些鴿子們就會開始朝向自己的家飛去。

「小虎，我還沒坐過船，你要比我先坐過了！」

阿丹看著小虎，繼續練飛的這幾天，阿丹覺得小虎愈來愈強壯了，飛翔的弧度，轉彎的姿勢，都是那麼熟練。

「小虎，用力的飛行吧！」

儘管阿丹用力地揮著他的小旗子，不過，因為天氣不穩定，賽鴿比賽一直延期，讓阿丹有些擔心，每天都問爸爸：「什麼時候才會開始啦？」

「要問老天爺啊。」阿丹爸爸老神在在地看著外面的天空，雲朵

動得好快好快。「阿丹，很多事情，都不是我們能決定的。」

季節變換，季風一直吹襲，最近的氣象預報也不太準確，有時候說會晴天，結果下午卻突然降下大雨，有時候說會大太陽，那天早上卻起了大霧。比賽的日子一直不能確定，直到那天，阿丹爸爸收到了掛號信，也接到了電話，確定比賽的日期。

「阿丹，出發的日子訂下來了。」

最近天氣開始變冷了。雖然小虎變得這麼強壯，可是，畢竟牠還是一隻小鴿子，而且上次又走失過一次，這讓阿丹有些擔心。

「賽鴿協會說不會再延期，就是下星期日了。」

比賽時間已經確定，這讓阿丹又興奮又緊張，晚上都睡不著，一雙眼睛瞪得大大的，近近的觀察小虎。

「咕咕？」

「小虎啊，用力的飛吧。」阿丹仔細地看著小虎的眼睛。「如果我是鴿子，我也好想飛。」

看了氣象雲圖，台灣海峽附近有一個熱帶低氣壓，協會決定還是要讓賽鴿飛行。

「鴿子集合！」到了比賽前一天，所有的鴿子都送去集合會場了。出發之前，首先要進行一連串的認證手續，確定紀錄用的晶片資料，確認鴿子的身分，就要準備出發了。

「哈哈，十多年沒見到你了！」這時候，一位和阿丹爸爸差不多年齡的阿昌伯，他帶了一車的鴿子過來，看著阿丹爸爸吃驚地說。

「那……你……你決定要復出了嗎？」

「是我兒子。」阿丹爸爸填寫著資料。「他養了一隻鴿子，想飛這次比賽。」

「只……只比一隻鴿子？」探頭過來看報名表和籠裡小虎的阿昌伯，不敢相信自己的眼睛，隨即大笑了出來。「我放三、五十隻，都不一定有希望了，你只用一隻，你退步啦，哈哈哈哈。」

儘管被人嘲笑了，但是阿丹和爸爸不以為意，繼續填著資料。只是小虎透過小籠子看出去，原來阿昌伯要帶來比賽的鴿子，就是超級傑克鴿團。

「小子，原來你要飛這次的比賽……」超級傑克低沉地說著。「看樣子，你將是我的手下敗將。」

填完資料之後，阿丹把鴿子交給了賽鴿的承辦人員，看著那裝著小虎的小籠子被疊入賽鴿專用的箱子之中。

「小虎，加油，我等你回來。」阿丹和小虎揮了揮手。

「小虎很特別，牠一定會回來的。」阿丹爸爸摸摸阿丹的頭，回頭看著小虎的籠子一眼。

父子兩人走了出去，剩下小虎自己，在這陌生的環境裡。

「咕咕咕，大家好，我是小虎！」小虎在籠子內，轉頭看著四周同樣在各自鴿籠內那些陌生又強壯的鴿子，沒想到周圍的鴿子卻都不太理他，紛紛把頭轉向四處，讓小虎嘀咕起來：「奇怪，我很討人厭嗎？」

「小子……」一隻賽鴿叫做阿壯，在隔壁籠子和小虎低聲說著。

「因為他們都是你的對手，才不會想和你說話。」

「那你……為什麼會想和我說話？」小虎好奇問著。

「嘿，我根本飛不遠，就沒有打算得獎，我是打算在這次的比賽認識母鴿子。」阿壯對左邊籠子裡的母鴿子搭訕起來，自顧自跳起了求偶舞：「小姐，有空聊個天嗎？」

「滾開！」母鴿子生氣地說著。

旁邊有一隻個子有點瘦弱的鴿子，也看著小虎。

「嗨，我是小弟，和你一樣，這也是我的第一次飛行喔。」小弟有一點害羞，他有點不好意思地抬起頭。

「那你呢，為什麼你也會來飛呢？」

「我喜歡飛行，但是我飛不快，志在參加嘛。」小弟有些膽怯的樣子，這讓小虎想起當初遇到流浪鴿集團的時候，或許那時候在流浪鴿集團的眼中，小虎就是這麼瘦弱呢。

「哼，一群廢物。」超級傑克正在附近的籠子內觀察著小虎。

「連目標都沒有，來飛行就是要得第一名！」

這樣的話語讓小弟以及阿壯聽到了，都有些難過起來。

過了一夜，離出發時間愈來愈接近，鴿子們都睡著了，在這睡眠的時間裡，貨櫃船終於出海了，只是今天的海浪上上下下浮動著，許多鴿子受不了，一一醒了過來。

「噁！」小弟受不了這樣的搖晃，已經暈船了。

「你……你還好嗎？」小虎關心起小弟，而阿壯聽著此起彼落的嘔吐聲響，已經受不了，只好一直遮住耳朵瞪大雙眼。「天啊，不要再吐了，我也要吐了啊！」

「到定點了！」周圍一隻有經驗的鴿子說著。「船好像停下來了。」

碰一聲，外頭的一道艙門拉開了，裡面的鴿子都嚇了一大跳。

「就要開始了！」鴿籠裡面充滿了鬥志。

「好緊張啊！」小弟這樣說，讓一旁有經驗的阿壯也緊張了起來，而小虎探看著四周，超級傑克正在和他的鴿團說。「全體警戒！」

「倒數，五……」

全體屏息，幾乎沒有了聲響。

「四，三……」

「要……要開始了嗎？」小虎心中非常緊張，雖然他從鴿王那邊受過了許多訓練，就是沒有起飛的訓練啊。

「就一起飛到外面去就可以了。」阿壯低聲提醒小虎。「時間到就衝！」

「二……」

船搖搖晃晃的，讓大家站得不太穩定。

「一……」

「碰！」

閘門被人放開了，一陣光線好亮好亮，這光線的變化，讓小虎一時睜不開眼睛了。「外頭一定是一片藍天！」

啪啦啪啦，千百隻的鴿子全準備衝出去了，小虎身邊的超級傑克鴿團絲毫不讓，猛力地拍翅膀，要離開那載運著鴿籠的貨運倉庫。還沒飛出放鴿船之前，所有的鴿子都各自據成一團，不約而同地都感覺到一股強烈的力量，在拉著自己前進。

「怎麼可以輸給這個小鬼頭！」超級傑克帶領自己的鴿團往前衝刺著。「衝啊！」

原來，超級傑克鴿團的鴿子被訓練成會惡意推擠其他的鴿子，讓他們起飛失敗，許多鴿子互相擠壓，像小弟就被擠在後方滾了幾下，好不容易終於飛了出來。而小虎也努力拍翅要飛向前去，但是，外面不是小虎想像之中的一片藍天白雲，而是……

9

比賽開始

「不好了！」爸爸緊張地接起電話，掛上電話之後憂心忡忡地說著。

「今天海上的天氣實在是太惡劣了！」

「怎麼了！」阿丹在陽台邊上一直看著晴朗的天空，等著小虎飛回來。

「協會那邊說，放鴿子之後，海上的天氣突然轉壞了，連放鴿子的船回來途中，都被風吹到岸邊擱淺了！」

「怎麼會這樣？」阿丹一聽，眉頭就皺了起來。

「那個海上的低氣壓已經變成輕颱了。」爸爸趕緊看了氣象局的資料。「最強陣風的風力有七級，放鴿子的地點正好在颱風的邊緣！」

「那……那怎麼辦？」

「阿丹，只要發布警報，比賽就自動取消了。」

「爸，我現在不管什麼協會，也不管什麼比賽了，爸，我現在只要小虎回來啊……」阿丹看著天空，那一片充滿薄雲的天空，什麼時候才會有鴿子的身影？

而阿丹爸爸露出一臉憂愁。過去的賽鴿經驗，讓他知道這樣的狀況，不要說是得名次了，能不能飛回家都是一個大問題。

海洋上空的雨勢和風勢大到驚人，小虎和剛認識的夥伴阿壯和小弟，三隻鴿子的視線幾乎看不清前方，要不是身體感覺到一股引力拉著自己向前，小虎也不會知道該往哪個方向飛去。

「天啊！」天氣實在太惡劣了，突然風雨交加，每一個雨滴都像在推著鴿子落到海面上。

「奇怪，我沒有飛過這樣子恐怖的天氣啊！」阿壯對著天空大叫著，喊出的聲音都被雨滴一一打入海中。

「這和颱風有什麼不一樣，主人怎麼會讓我們在這種天氣飛行呢？」

千百隻鴿子飛在天空中，承受著巨大的風雨，大家都覺得不可思議。

「天啊，我受不了了！」許多鴿子愈飛愈低，接近了海面，一陣大浪打來，把鴿子們給拍到了海裡去。「救命……噗嚕噗嚕……」原來海面像是大怪獸一樣，會吞噬掉鴿子啊。

「阿壯，小弟，我們一定要撐下去。」小虎不想放棄，他看到了這樣悲慘的狀況，趕緊用力拍翅膀，飛得更高一些。這時候，許多鴿子已經從單純的大隊飛行，因為風雨而分散成了數團。

「前方，趕快飛到前方去，只要脫離這個區域，就會好轉了。」

小虎那經過訓練的鼻子，聞到了前方的空氣不一樣，氣流也不一樣，那裡絕對會是較好的天氣。

「翅膀……好重……」小虎努力拍翅，非常耗體力，還好之前有經過鴿王的負重訓練，否則絕對撐不過這場考驗。

「我快受不了了……」這時候，瘦弱的小弟愈飛愈低，讓小虎看了好擔心，趕緊飛到他的上空，替他遮住雨滴。

「小弟，撐下去，不要放棄！」

「謝謝你……小虎……」小弟有了小虎的遮雨，終於減輕了負擔，才能飛得下去。

許多鴿子不敢休息，只能更努力向前飛去，飛了許久終於度過了濃重的雨雲，飛到了雲團的最邊緣。

「呼，太慘了。」

一脫離了這大風大雨，小虎轉身一看，身旁的飛翔鴿子全都渾身潮濕，每振翅一次，就抖落許許多多的水珠。

只是這時候，小虎才發現，後方有一團鴿群追了上來。

「那是什麼？」

原來，超級傑克的鴿團有受過訓練，不怕這種等級的風雨，他們會輪流當彼此的保護傘，替對方淋雨，可以保存最多的實力，而其中最受到保護的，就是超級傑克。

「臭小鬼，沒想到在這邊看到你，給我滾開！」超級傑克看到了前方的小虎、小弟和阿壯，二話不說向前衝去，把小虎三隻鴿子也衝散了，大家過了好久才重新飛在一起。

小虎在後方看著超級傑克鴿群，其中似乎有一隻飛在最上方遮雨的鴿子，體力已經透支了，卻沒有其他夥伴協助他，就這麼看著他緩緩向下飛降，墜落到了海面上。

「天啊！」小虎帶著小虎和小弟直追了上去，對超級傑克大叫著。「你為什麼要拋棄你的夥伴！」

「哼，大家都經過訓練，他這麼弱，就只有被犧牲的份，我們這個團，不需要弱者！」一說完，一整群的超級傑克鴿團一下子往前加速，又把才提振起精神的小弟給撞飛了！

「小弟！」小虎大叫著，可是追不上了。

「小虎，救命啊！」小弟昏了頭墜落下去，就要落到海裡了！

還好，這時候海面上有幾隻看戲的海龜，浮上了海面，小弟踩了他們的背一下，又再飛了起來。

「天啊，幸好有海龜！」小虎驚訝地看著小弟。「真是太幸運了！」

「笨蛋，是我啊！」小虎這時候才發現，一隻鳥飛過他的身邊，是那隻曾經迷失在都市的高蹺鴴啊。

「小高！」小虎興奮大叫著。「是你！」

「還好你們的消息傳得快，我聽了就趕緊飛到海岸邊，沒想到真的遇到你了。我還請了許多和藹的老海龜來幫忙，沒想到會派上用場。」

「鴴子們，你們要加油啊！」許多老海龜都浮了上來，讓小虎也高興地揮翅膀，和海龜打招呼。

「太感謝啦！」小弟飛起之後，喘了口氣又能穩定飛行了。

「再往前一點，就是陸地了，加油啊，不要放棄啊！」小高

興奮地說著，而他所言不假，小虎看見前方海中有著一片黃色的土地，和藍色海洋上交界處的，就是沙灘啊！愈是接近陸地，氣流就愈加穩定，

這讓小虎覺得自己說不定真的能飛完全程。他高興地往下方一看，海上有著漁船正在捕魚，港邊也有許多的小漁船休息著，許多海鳥，陸上的溼地泥灘地上有許多高蹺鴴，也抬起頭看著大家。

「再見了，小虎！」小高飛到了自己住的溼地邊，緩緩落地。「謝謝你，加油啊！」

「我會的！」小虎打起了精神，繼續向前飛

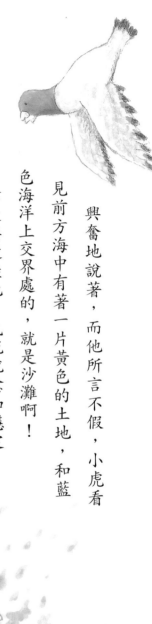

行，他一回頭看，鴿子的數量又變少了。原本數千隻的鴿子，在經過那濃重的雨雲之後，已經所剩不多，甚至有許多鴿子，一看到陸地之後就馬上落地休息了。

「開玩笑，當然是安全第一了。」許多落地的鴿子，躲在大樹或是屋簷底下訴苦起來。「咕咕咕，遇到這種危險，誰還會想飛呢？」

「恭……喜大家……我們離家又更近囉……」阿壯喘息地說著，他看起來體力已經快用完了。

「我還想繼續飛下去，小虎。」小弟也努力地跟在小虎的背後說著。「我好想知道我能飛多遠——前面那是什麼？」

小弟看向前方，前方就是一個山頭，但是這山坡感覺起來很奇怪，那些樹木裡面，看起來像是藏了什麼東西似的。就在這時候，前方的鴿子大叫起來。

「糟糕，有壞人，趕快拉開高度！」

一下子，山坡裡的草叢之中，有幾個壞人準備了一張用竹竿支撐起來的大網，就從樹叢之中突然把網子伸高起來！這突如其來的狀況讓許多鴿子來不及逃，就直直的飛入網內被網住了，因為小虎受過鴿王嚴格的訓練，馬上向上拉高飛起來。而後方的阿壯和小弟，看到小虎的舉動之後也跟著拉高起來。逃過了一劫。

原來這就是要綁架鴿子的人，許多鴿子因為貪圖平穩的氣流，靠近低一點的地方飛行，就被陸續伸出來的網子網住了。

「可惡！」小虎飛過了網子，但許多一同飛行的鴿子都被網住，痛苦地掙扎著。

「是誰這麼可惡！」小虎看到許多同伴落入了網中，可是他也無法幫他們什麼，也只能繼續飛下去。「抓我們幹嘛呢？」

「這些人抓住我們，就是要叫主人用錢贖回來，你別感傷了，後面還有得受啊！」阿壯有飛行經驗，繼續向前飛著。「小虎，專心飛行啊！」

小虎看到超級傑克鴿群之中最下緣的的鴿子，也被這網子給抓住了。

「不要管他，繼續飛！」超級傑克大叫著，整個鴿團繼續不停止地飛行著。

「可惡，為什麼超級傑克這麼不在乎夥伴！」小虎在後方飛著，愈看愈是疑惑。

陸地上的天氣雖然比海上的好，但是小虎依舊穿過了一陣又一陣低飛的雨雲，氣候變化非常劇烈，原本天空中一群一群結伴飛行的鴿群，已經有一些開始愈飛愈偏，無法組成一個隊伍了。

這時候，只有超級傑克帶領的鴿群，依舊是完整的隊伍，他們穩健且快速地飛行著，看來軍紀非常好。

「他們受過完整的訓練，我們跟不上的，小心安全就是了。」阿壯和小虎說著，小虎便跟在超級傑克鴿群後面飛行了一陣子。

突然間小虎發現，前方的山頭大樹上，有一群飛行的巨大黑影，逐漸靠近飛行的超級傑克鴿群。

「那是什麼？」小虎從沒看過那種鳥的身影，那不是白鷺鷥，也不是夜鷺，更不是烏鴉或是八哥鳥，也不是曾經看過的逃跑出來的金剛鸚鵡，等到接近一些之後，他終於看清楚了。

「糟糕了，是老鷹！」阿壯和小弟一看，先是大叫，隨後馬上向著兩邊飛去。「快逃啊！」

「不是往左右飛，是要飛高啊！」小虎趕緊向他們提示而大叫著。「舒密特說過，我們一定要飛得比老鷹更高！」

但是看到老鷹之後，周圍所有的鴿子都慌張地不得了，被驚嚇到隊伍分散，根本不知道該怎麼辦。

「大家快向上飛上去！」小虎緊張地朝大家喊著，但是小虎年紀小，根本沒有鴿子要聽他的話，小虎只好自己獨自飛行，帶著阿壯和小弟，以接近垂直的角度向上衝去。

「啊，快看！」小弟低頭注意到，這時候，有幾隻老鷹在低空中飛著，看準了許多低飛的鴿子，開始盤旋俯衝。讓高空中的小虎愈看愈緊張，一下子，就有許多勞累的鴿子被老鷹的利爪瞬間抓住，在空中落下許多細碎的羽毛。其中有一隻體型比較巨大的老鷹，看準了黑壓壓的超級傑克鴿群，用力地飛了過去，張開雙爪向下。

「大家注意！」超級傑克注意到老鷹了。「把飛最慢的那一個當作誘餌，甩開這隻老鷹！」

「什麼？」一起飛行的鴿子聽了，都非常震驚，他們已經失去了很多夥伴，這時候，誰也不願意拋棄飛得慢的鴿子，大家面面相覷，不想這麼做。「我們飛個半圓，繞過去就好了！」

「你們這群廢物！」超級傑克生氣大叫。「用最短路線，才能得第一名，快給我甩開那隻鴿子！」

超級傑克看向了團體邊，一隻飛的最慢的鴿子，他很慌張地想要跟上鴿團，但是這時候，老鷹已經衝下來了，但就算有著優良品種和訓練的鴿子，一看到凶狠的老鷹，也是害怕地四處逃散。

「救命啊！」鴿群馬上混亂了，甚至還有的鴿子慌張的彼此撞在一起，摔到了地上去。

「不要怕！」超級傑克抬頭一看，老鷹愈來愈靠近。「我們比較

快，衝過去就是了！」

儘管超級傑克如此大喊，但是四周的鴿子卻害怕地不得了，全都散到四周去了，沒有人要陪著超級傑克去飛行，只剩下超級傑克一隻鴿子，還依舊堅持要飛直線的最短路線。

只是，失去了四週鴿群的保護，超級傑克再強壯也沒有用了，只能努力地向前揮動翅膀，而那急速俯衝的老鷹，並沒有被這些散去的鴿群迷惑，就專心張開一雙爪子，要抓住超級傑克，就在超級傑克幾乎被老鷹抓住的時候，他閉起眼睛大叫。「不！」

啪——沙——

這一瞬間過去，超級傑克發現自己沒死。

超級傑克緩緩睜開眼睛一看，原來自己並沒有被老鷹抓住，而是老鷹被什麼給撞飛了，而自己只有肩膀受了點傷！

原來，就在這瞬間，小虎也俯衝了下去，用盡全力撞了這隻老鷹一下，讓這隻老鷹的飛行路線歪去，才讓超級傑克逃過一劫。

「快逃啊！」小虎迴旋回來，再向著超級傑克大叫。「快向上飛去！」

「為什麼，為什麼要救我？」超級傑克看向小虎一個迴旋飛起。

「因為我只是想讓你知道……」小虎別過頭去，繼續飛著。「你只想飛第一名而不要夥伴這件事情，是錯的！」

「濫情的笨小孩！」超級傑克用力拍翅膀，一下子就飛的比小虎更快更遠。

「老鷹還在！」阿壯大聲地和小虎通報。「快走吧！」

「大家集合！」超級傑克向前飛行，但他不管如何喊，四周都沒有鴿子夥伴陪他了，而他發現他的翅膀羽毛受傷了，飛行的速度已經變慢了。

老鷹一看，又要抓住獨飛的超級傑克了，在阿壯身邊的小弟看了也很害怕大叫：「不！」

就在這時候，那隻老鷹好像覺得有些不對勁，他發現自己的背後竟然有一隻鴿子，和他用同樣的速度飛行著。

「可惡的鴿子！」老鷹感覺到背上的壓力，而小虎伸出爪子抓著老鷹，老鷹卻因為小虎在他正背後，而無法反擊。

超級傑克驚訝小虎的舉動，趕緊拍翅飛到更遠的地方去了。

於是小虎在老鷹決定俯衝脫離之後，自己反而反方向飛向天空去，一下子距離就拉得更遠了，讓那隻老鷹抓不到獵物。

「混帳！」老鷹生氣大叫著，但是因為他已經用盡全身的力量俯衝向下，無法使出餘力迴旋去抓小虎，而小虎飛出一個好大的弧線，終於追上小弟、阿壯，還有已經愈飛愈慢的超級傑克。

「你……為什麼要救我？」超級傑克翅膀受傷的地方滲出了血跡，一滴一滴落下。「我死了，你就少一個對手……」

「因為我並不希罕什麼第一名，我只期待……一場真正的飛行。」小虎說著，轉頭看著身旁的阿壯和小弟，儘管兩位夥伴看來如此瘦弱，比不上超級傑克鴿團那樣強壯，可是他們的互助，把資訊分享，卻能比超級傑克鴿團的鴿子們飛得更遠。

「哼……」超級傑克不置可否，注意到前方數公里處，就有一個人類的小鎮了，有人的地方就不會遇到老鷹了。

「小虎，如果你沒飛回去終點，我會咬光你的羽毛！」超級傑克說完，就用身體領航，擋住了一些氣流，讓小虎、阿壯、小弟，能受到比較小的風沙和氣流。就這樣向前飛行了一陣子，直到超級傑克終於受不了了，像是失去意識一樣的緩緩向下墜落。

「超級傑克！」小虎和阿壯、小弟都吃了一驚。但是超級傑克趕緊回穩，向下飛而停下某棟屋頂上。

「我才不是受傷，我只是需要休息一下，回頭見吧。」超級傑克仍舊在嘴硬，就看著小虎向前方飛去。

「小虎，我也不行了。」再向前一會，小弟也飛不動了，他在小虎身邊說著，下降到附近的樹林之中。

「謝謝你了，小虎，要不是你，我也不可能來到這麼遠的地方，再見了。」

阿壯看著小虎儘管疲累，眼睛裡卻充滿了光彩，還有一股燃燒的鬥志的模樣。

「從來沒看過像你這種……」阿壯也已經到了自己的極限了。「我破紀錄了！」

「破什麼紀錄，怎麼了？」

「我飛得比我以前都還要遠太多太多了，這都是因為你，小虎。」阿壯緩慢下降。「小虎，謝謝你。」

天氣變化得太快了，所有的鴿子都落地，只有小虎還在天上飛著，他回頭看，已經看不到和他同行的鴿子了，他不知道終點還有多遠，他只是感覺到有一條看不見的線，正在繼續拉著他前進。

「如果可以停下休息，不知道該有多好呢。」儘管有時候心中會稍微出現這種念頭，但是只要一想起在終點的阿丹和阿丹爸爸正在等著他，他就鼓起了精神，繼續揮動翅膀，飛了下去。

小虎自己孤單地飛行著，每次的拍翅，每次的滑翔，就和一開始學會飛的時候一樣孤單。前方是一片霧，穿過霧應該就到了吧！小虎用力拍翅，這時候，他感覺後方有鳥追上來了。

「超級傑克?是你嗎？」

這時候，小虎突然看到了熟悉的大鳥身影，和自己同方向衝刺了出去，又大迴旋朝向自己飛了過來。

「糟糕，那是老鷹！」小虎簡直不敢置信，這裡已經接近人類生活的地區了，竟然還會遇到老鷹。

「終於讓我找到你了！」原來，是之前被小虎轉移注意力的老鷹，竟然不放棄地飛過了山邊捷徑，穿過霧之後追了上來，他看著小虎落單，在空中繞了一下，就向小虎飛了過來。小虎馬上向一旁飛過去，和老鷹呈現交叉劃過天空。

「別跑！」老鷹張開了爪子，已經開始加速度又飛了過來，小虎一看，馬上拍翅閃了過去。

儘管小虎經過了這麼多的訓練，但是，飛到了這裡，小虎已經幾乎用盡了力氣，而老鷹的身型、速度，都實在是快小虎太多太多了，儘管小虎鍛鍊過每一種技巧，可是他真的已經筋疲力盡了。

「不行！」小虎努力地拍翅膀，卻看見老鷹愈來愈靠近。

「我要報仇！」老鷹那雙尖銳的爪子抓了過來。

「小虎！」就在老鷹要攻擊小虎的時候，突然間，一大群黑壓壓的鳥群從小虎飛行路徑底下的雲層裡面飛了出來。

「那是什麼？」小虎自己看了也嚇了一跳，以為是另外一個新的敵人，但是仔細一看——

「咕咕咕！」原來，那是一大群的鴿子，而且他們愈飛愈近，小虎才發現那是流浪鴿集團！

「影分身術！」老鷹的爪子還沒停下來，但是這一大群鴿子，卻從小虎的身後散開飛出來，讓老鷹分不出哪一個才是真正的小虎，目標一下子變多，眼都花了。

這時候，舒密特像在嬉鬧一樣，在老鷹身邊花式飛行，迷惑老鷹的視線。

「別以為所有的鴿子都怕你，我可是軍鴿，不一樣！」舒密特快速的飛到老鷹的背後，讓老鷹的視線一直被迷惑著。「小虎，快走吧！」

「可惡呀！」老鷹被迷惑了，儘管再怎麼生氣，可是已經頭昏眼花了，只能看著鴿群愈飛愈遠。

「小虎！」這時候，一大群流浪鴿集團的大小鴿子，全飛在小虎身邊。「加油啊！」

「謝謝……謝謝大家。」

流浪鴿集團也呈現分列式向左右分散，而鴿王老大在最中間掌控著全場。小虎看見老大，儘管身體很胖，卻還是飛得輕快，完全不辜負他當年是鴿王的榮耀。

「繼續飛下去！」老大對著小虎大叫著。「接下來就靠你自己了！」

「老大……」小虎已經非常疲累了，看到大家飛出來這樣幫助他，心裡激動莫名。

「我真不懂，是什麼力量讓你支持到現在？」小胖鴿和小瘦鴿飛在小虎身邊，看著身上全是髒汙痕跡的小虎。

「我也不知道……」小虎繼續努力飛著，「我……就是……想飛下去。」

「那就飛吧，直到抵達終點為止！」甩開老鷹歸隊的舒密特，也伴隨小虎飛行著。而小虎的熱情，讓舒密特想起了很久以前的自己，想到那位不放棄同伴的夥伴。

「大家注意，成擋風隊型！」鴿王老大轉身看著四周的鴿群，一聲令下。「是！」眾多大小鴿子馬上集中起來，成了一張毯子似的往上空飛，遮住了小虎的天空。

「老大……」小虎知道，大家這樣遮住強風，就是最大的幫助了。

「我會加油的，咕咕！」小虎咬著牙，用力地拍著翅膀，感覺氣流就像是水流，小虎不知道自己是在飛，還是像人類在游泳，他又恢復了一點精神，振翅拍了下去，又飛得更遠了。

雨要停了，霧也消失了，小虎看向前方，遠方濃重的雨雲正逐漸散去，那些雲與雲的破口裡，是一片湛藍的天空。而往東方一看，有一個好大好大的圓弧形彩虹。

10

鴿王傳奇

氣象報告說明了這颱風警報消息，突如其來超級惡劣的天氣，對比賽不公平，賽鴿協會經過討論之後，已經決定取消了比賽，讓所有的鴿子回到家之後好好休養，數個月之後再比一次。

「怎麼辦，我的鴿子呢？」許多賽鴿的主人們，都在屋頂的鴿舍焦急地等待著。「唉，一定被這怪颱風給打倒了。」

「唉，只要回來就好了啊。」有個養鴿人看著天空，感傷說著。

「聽說很多鴿子都落海了。」

「聽說也有很多鴿子被老鷹攻擊了。」有人聽著電話通報，焦慮地看著天空。「我的鴿子啊！」

「嗚，我的鴿子啊！」許多人對於自己養的鴿子沒回來而顯得憂心忡忡，大家都經驗豐富，卻也沒遇過這種狀況，心裡很緊張，紛紛討論各種不安的結局。

「回來了嗎？」許多賽鴿者都看著天空，遠遠地看到了一個飛翔的影子，就會緊張兮兮起來。

「唉，不是……」

「那這隻呢，又是白鷺鷥嗎？」一位鴿主在望遠鏡裡面調著焦距，只看到一個遠遠的、小小的影子。「唉……什麼時候才會回來啊？」

阿丹看著陽台，已經失去了希望，也失去了等待的勇氣。

「超時太久了，這些鴿子，可能全都掉到海裡了。」爸爸感慨地說著，也想起了從來都不曾放棄的亞歷山大。

「爸，我知道了。」阿丹失望地轉過頭來，就算現在是美麗的黃昏，他也不願再多看一眼。

「等等，這隻好像不是白鷺鷥……這是什麼……」這時候，有人用望遠鏡看著那飛行的影子。「不是，是……是鴿子！」

聽到這消息，許多鴿主都緊張地等待著。

「是誰家的鴿子？」

「還不知道！」

緊張的氣息，在眾多養鴿人家的頂樓傳遞蔓延，直到天空中的那隻鴿子飛過了他們的屋頂，往阿丹家的頂樓飛了過去，他們的期待，才轉變為失望。

阿丹的鴿子飛回來了，小虎的鳥朋友們看到了之後，瞪大眼睛大叫著。

「是他！是小虎！」八哥阿里興奮地飛了起來。

「太好了！」一群麻雀阿姨吱吱嚓嚓叫著。「這比動作片還刺激啊！」

這時候，阿丹已經失望了好久好久了，他甚至想過萬一小虎不會回來該怎麼辦，他可能會遇到很多困難，畢竟他還是一隻年輕的鴿子啊，哪裡懂野外的危險呢，而這種疑惑，隨著小虎出現的身影一掃而空。

「小虎！」阿丹拿著望遠鏡，看著遠方小虎的飛行而大叫著。

「小虎？」阿丹爸爸早就已經絕望了，小虎不是死了，就是逃跑了，他回到房間內拿出老相本，看著照片裡面的一家人，內心有點感慨。直到聽到阿丹大叫，阿丹爸爸心裡不可置信的看著照片中那隻亞歷山大。他激動拿了自己壓在箱子底下的旗子。

「阿丹，快來迎接小虎啊！」爸對著阿丹大叫，隨即一起爬上了頂樓去。「不要讓小虎找不到家啊！」

「爸！」阿丹和爸爸爬上了頂樓，黃昏時刻，一顆圓圓的大太陽

落入山邊，阿丹爸爸用力地揮著他那面旗，成為了一個美麗的剪影。

原來，阿丹爸爸的肩膀早就康復了，只是他一直沒有勇氣再去揮這面旗子，因為他只要握著這個旗子，就會想起過去那些不好的回憶，但現在，他終於有了勇氣去揮動這個旗子，他揮得好激動，感覺到自己已經從過去的陰霾中走出來了啊。

「這裡啊，小虎！」

小虎飛到了城鎮上空，那磁力線條已經逐漸淡去，這時候就到家了，他看著阿丹的小旗子，以及爸爸的大旗子一起揮動著，也覺得不可思議，以為自己在作夢。

「那是阿丹和爸爸？」

小虎愈飛愈近，終於飛到了自己家的屋頂。緩緩從天上飛落下來，落在阿丹的手上。

附近所有人都嚇呆了，很多人開車過來，遠遠的看著阿丹和阿丹爸爸，還有人用望遠鏡看著屋頂上發生的一切。

「真的是牠嗎？」阿昌伯開車到了附近，拿望遠鏡看著。「我不相信，那不是那隻沒經驗的菜鳥嗎？牠竟然會飛得比我們家的超級傑克還快！」

「可惜比賽已經取消了，真可惜啊。」也有人替阿丹和阿丹爸爸惋惜。

「不然就是第一名了啊！」許多人都討論著。「那就變成大富翁了說。」

「那不重要。」可是阿丹不管這些，他捧著小虎，眼淚流了下來。

「只要你回來就好了！」

一群養鴿人家，在一小時之後，才慢慢看見自己家養的鴿子飛回

家，身上全都是傷痕，有些鴿子則永遠都回不了家了。

「哼，臭小子！」超級傑克休息夠了，兩小時之後也飛了回來了，他低頭飛過了阿丹家，看著阿丹爸爸和阿丹正在替小虎治療這一路飛行的傷口。

「哼……」超級傑克雖然看起來很生氣的樣子，心中卻很羨慕，他沒說出的心裡話其實是，「加油了……臭小子……」

爸爸看著阿丹，想起了十多年前的自己，血緣是會遺傳的吧，阿丹爸爸摸著小虎的背，像是摸著當年的亞歷山大一樣。

這天過去，身為一個沒有獎牌的冠軍鴿，小虎又變回了一隻普通的鴿子，過著平凡的生活。

「嘿，小虎！」八哥阿里飛了過來。「你最近很出名喔！」

「真的嗎？」小虎抖了抖翅膀，還在養傷。

「大家都知道你的事喔，呀呀呀！」許多麻雀阿姨又來了。「說說你的故事啦，一定比八點檔還精采啊，是不是經過一場大冒險啊，呼呼呼，好刺激啊！」

「那當然了，我們遇到了比船還大的大鯊魚，還有一隻和山一樣大的大恐龍，太恐怖啦！」阿壯也飛到附近來，參加大家的討論。

「我們可是打敗了大恐龍才有辦法回來的……」

「真的有這些東西嗎？」麻雀阿姨們問著小弟。

小弟也不好意思說：「有……真的有喔……還有有著一百隻腳的大章魚……」直到他掰不下去了，自己咕咕笑了出來。

「咕咕！」、「吱吱！」、「呀呀！」屋頂上許多鳥聚集在一起聊天，真是有夠吵的呢。
而流浪鴿集團依舊在流浪，在公園角落躲藏，還一直假冒和平鴿呢。
「嗨，你也是鴿王啦！」老大看著飛來公園的小虎，拍拍他的翅膀，而舒密特看著他，把他珍貴的腳環拆了下來，送給了小虎，裝上小虎的腳上。
「永遠不忘記。」小虎收到了這個珍貴的禮物，激動地說著。「不忘記流浪鴿的友情。」
這時候，小虎飛在天空中，在自己家上方繞圈，一下子又遇到了超級傑克帶領的鴿群了。
「超級傑克！」小虎想飛過去，和大家打招呼。「你還好嗎……你的傷好了點沒……」

「哼！臭小鬼！」

「超級傑克……」小虎以為超級傑克依舊討厭他，但超級傑克帶領著鴿群，繞了一大圈回來，在小虎的身邊盤旋著。

「雖然沒有獎牌，但你現在是鴿王了。」說完，超級傑克又繼續帶領整團訓練有素的飛行鴿團飛向前去。「小虎，我了解夥伴的意義了。」

小虎就這樣快樂地在天空中，繞著老社區上方一圈又一圈飛行著，就像是一開始小虎學會飛的時候一樣。

其實有件事情，阿丹和阿丹的父親，一直都不知道。

當年，九二一大地震那一天，天搖地動，許多建築物都倒下了，煙塵四起遮蔽了視線，街上都是火光和救護車的閃光，到處都傳來人們哭泣的聲響，這一天阿丹家的屋子倒下來，阿丹爸爸抱著嬰兒阿丹在路邊哭泣著，空氣裡充滿著絕望的氣息。

這時候，阿丹爸爸養的亞歷山大和許多鴿子，都慌張地從倒塌的鴿舍縫隙中飛出來，隨後飛到了天空盤旋著，在天空燃燒的黑煙之中，許多鴿子都失去了方向感，也失去了磁場判斷力，一下子全都飛散了。

「亞歷山大，怎麼辦？」許多鴿子都在天空中飛行，想要回到自己的住家，可是一片混亂之間，許多鴿子都只好飛到附近的樹林去，等待著情勢變得穩定一些。

「咕咕……拜託大家先等一下。」亞歷山大說著。「情況一定會好轉的……」

若不是亞歷山大，所有的鴿子一定就四散飛去了，亞歷山大集合

了大家，一起等待著主人，可是屋子都垮了，交通也混亂了，在這混亂之間沒有食物，也沒有遮風避雨的地方，可是許多鴿子仍舊在等著，等著阿丹的父親出現，帶他們回家，吹熟悉的哨子，揮熟悉的旗子，回到溫暖的窩。

但是，隨後許多救難人員拿著儀器和鏟子，開來許多的的怪手、挖土機來挖那些倒塌的屋子，把屋子翻起來，想要尋找失蹤的人。

又是一陣等待，所有的鴿子都等到累了。

「走吧，我們自由

了！」到了這一天，許多鴿子絕望了，他們決定解散，感傷地全都四散飛去。「大家再見了！」

只有亞歷山大，他那堅持著身為最快賽鴿的回家本能，讓他不願意放棄，常常回到家裡那廢棄倒塌的鴿舍看著。

「咕咕，主人呢？」只是倒塌的屋子周圍，也沒有主人的身影。

「咕咕咕……」

亞歷山大感傷地等待著，讓他愈來愈消瘦，常常淋雨和去找食物，身軀上的羽毛也失去了光彩，身上充滿了汙漬。直到有一天，一台怪手來了，把倒塌的房子拆掉，一台卡車來把廢棄的建築物廢料都運走，原本的建築物，漸漸夷為平地。

「看來……我也必須要走了啊。」

但，就在亞歷山大要飛走的時候，亞歷山大發現一輛小轎車來到了這正在拆除的家旁，有位憔悴的中年男子從車上下來，憑弔著這片倒塌的廢墟。

那是主人，後來的阿丹爸爸。

「太好了，咕咕咕！」看著阿丹爸爸，亞歷山大又回復了些精神。

直到車開走了，亞歷山大跟著阿丹爸爸的車子飛了過去，跟到阿丹爸爸住進的這個老社區，就在大樓頂上住了下來。

後來，亞歷山大常常飛過阿丹爸爸的頭頂，想要引起他的注意，但是阿丹爸爸似乎一直都不願意抬頭看向天空，這讓亞歷山大覺得很傷心。有時候亞歷山大也飛到了阿丹爸爸眼前的樹梢上，但是阿丹爸爸卻對鴿子一點都不關心了。

可是亞歷山大依舊不願意放棄，他在這棟大樓的樓頂認識了一隻

母的野鴿子，兩隻鴿子結為夫妻，在雨棚底下築了一個巢，鴿子的壽命有十五歲，就在這最後幾年，亞歷山大的妻子終於生蛋，也開始孵蛋了。

「咕咕咕，老公啊，真想不透你。」母野鴿看著已經年邁的亞歷山大抱怨了起來。「你已經老了，我們可以去更好的地方住，才不會這麼辛苦啊……」

「唉……我有一個希望……咕咕……」亞歷山大低頭看著阿丹一個人玩捉迷藏，盪鞦韆。「希望會成真，咕咕。」

直到那天，沒人會爬上去的公寓頂樓上，有天下完雨之後，在樓頂積了水窪，而積水一滴一滴，滴下了樓梯間，讓阿丹好奇地往上爬。那時候，還在蛋殼裡面的小鴿子也在動著，已經準備要破殼了。

後來，阿丹爬上了頂樓，晒著夕陽，踩到了水窪，趕走了野貓，捧著小鴿子離去了，亞歷山大和他的野鴿太太，看到了阿丹捧著自己的孩子，心裡又擔心，也很欣慰。

「我們的孩子，交給主人的孩子，一定也會平安長大的，走吧。」亞歷山大感動地說著。「我觀察過阿丹，他一定會愛我們的孩子的。」

「我也是這樣想。」母鴿子有些不捨，卻也釋懷了。「我們走吧，去築另外一個新家吧！」

兩隻鴿子就這樣飛去了天空中，飛過阿丹望向的窗外，愈飛愈遠，變成夕陽下的一對美麗剪影。

後來的阿丹，當然不知道這些故事，他爬上了頂樓，把小虎放出飛行，然後自己揮動著小小的紅旗子。

「阿丹！」小虎低頭看著自己家，看著紅旗擺動努力地飛行著，

享受氣流的波動，空氣的溫度，飛過一陣低雲與霧氣，飛過平原與小溪，一個盤旋又回到了小鎮上方，低頭看著阿丹笑著揮著旗子，笑著大叫：「小虎！」

而阿丹爸爸站在陽台窗前，抬頭看著小虎的飛行，想著過去的美麗回憶，就像當年看著亞歷山大一樣，小虎在豔陽之下，繞著自己的家，飛出了完美的迴轉弧形，一道道像是彩虹一樣燦爛又美麗的軌跡。

九歌少兒書房 219

鴿王再現

流浪鴿集團的榮耀

著者 張英珉
繪者 王淑慧
責任編輯 鍾欣純
發行人 蔡文甫
出版發行 九歌出版社有限公司
台北市105八德路3段12巷57弄40號
電話／02-25776564
傳真／02-25789205
郵政劃撥／0112295-1
九歌文學網 www.chiuko.com.tw
印刷 晨捷印製股份有限公司
法律顧問 龍躍天律師・蕭雄淋律師・董安丹律師
初版 2012（民國101）年9月
定價 **260元**

書號 0170214
ISBN 978-957-444-839-5
（缺頁、破損或裝訂錯誤，請寄回本公司更換）

版權所有・翻印必究 Printed in Taiwan

國家圖書館出版品預行編目資料

鴿王再現：流浪鴿集團的榮耀 / 張英珉
著; 王淑慧圖 . -- 初版. -- 臺北市 : 九
歌, 民101.9
面； 公分. -- (九歌少兒書房 ; 219)
ISBN 978-957-444-839-5(平裝)

859.6 101014634